アンダードレスはどこまで開かれたのかしら？　怖くて下に目を向けることができない。でも感覚は視界よりも如実に彼の行動を教えてくれていた。
胸を唇に譲って、手がスカートをたくしあげる。
唇は、まるで赤子のように私の胸を咥え、吸い上げたり、舌で濡らしたりしている。

婚約破棄された伯爵令嬢ですが、すごい人と婚約し直したみたいです

火崎 勇

Vanilla文庫

婚約破棄された伯爵令嬢ですが、すごい人と婚約し直したみたいです

目次

イラスト／Ciel

「ウィスタリアはぼんやりしている」

とはお父様の私に対する評価だった。

「ものを考えていないようだし、感情も乏《とぼ》しい」

ぼんやりしてる、は認めてもいいけれど、ものを考えていないには反論したい。

むしろ私は色々と考える方だと自分では思っている。考えてしまうから、反応が遅くなり、それがぼんやりしていると見られるのだろう。

「物事や世情に疎《うと》い、女の子らしいことに興味がない」

それも認めよう。ただし一部だけ。

お父様の言う通り、私はドレスや髪形やお菓子など女の子らしいものには興味がなかった。社交界の上下関係などの世情にも疎い。

けれど物事全てに疎いわけではない。

勉強が好きで、本を読むのが好きだから、知識という点では家庭教師の先生にも褒められている。

人の心の動きを読むのも、そんなに不得手ではないと思う。

だから、お母様が亡くなられた後に嫁いでいらした新しいお義母様《かあ》が、私を気に入っていないこともわかっていた。

そしてお父様が妹のガーベラの方を愛していることも。

まあ、ぼんやりしている私より、「お父様」と遠くから駆け寄って抱き着く妹の方が可《か》愛《わい》いと思うのは当然だろう。

もちろん、ガーベラが私をライバル視していることにも気づいている。

つまり有り体に言うと、お義母様と妹にないがしろにされ。お父様にも目を向けられていないというのが、私の状況。

私が女の子らしいことに興味がないのは、興味を持っても何にもならないからだ。

ドレスはお義母様が選んだ地味なものを着るしかないし、観劇やパーティもガーベラは出掛けるけれど私は出掛けなくていいと言われる。

多分、普通だったら悲しい生活、と思うのだろう。

けれど、私は『ぼんやり』しているので、あまり苦にはならなかった。

パーティに行かないのなら本を読めばいい。

出掛ける先なら図書館がある。

図書館へ行くのなら、派手なドレスは必要ない。

なので、今の状態は全く気にはならなかったし、むしろ放っておかれる方がありがたいくらいだった。

今日も、いつものように図書館へ行こうと、着替えて部屋を出ると、玄関先でガーベラと出会った。

私は金髪だけれど、ガーベラはお義母様と同じ赤毛。

本人はあまり気に入っていないようだけれど、私はとても綺麗《きれい》な赤毛だと思うし、彼女の性格には合っていると思う。

「あら、お姉様。お出掛け？」

「ええ。図書館へ行こうと思って」

「お姉様は本当に図書館がお好きねぇ。何より、誰よりお好きなのじゃなくて？」

「いえ、そういう……」

「たとえ行く先が図書館でも、身だしなみはもう少し整えた方がよろしくてよ」

……返事を聞く気はないのね。

「そうだわ、私のリボンを貸してさしあげる」

言うなり、彼女は自分がしていた青いリボンを外して、私の髪を編んで結んでくれた。

「お姉様は瞳が青いから、やっぱりよく似合うわ。私よりお似合いですわ」

「……ありがとう」

どうしたのだろう。こんなこと今までしてくれたことなかったのに。

今日は何かいいことでもあったのかしら？

「ええと……、それでは行ってきます」

「ええ。クラックス様が……のですけれど」

私が背を向けると、ガーベラが小さな声で何かを言った。

「え？　なあに？」

「では、いってらっしゃいませ」

聞き取れなかったので聞き返したが、答える代わりに 笑顔で送り出されてしまった。

本人はそのままひらりとドレスの裾を翻《ひるがえ》して立ち去ってしまう。

ポツンと玄関先に取り残され、私は小さなため息をついて外へ出た。

考えてみれば、ここに馬車が用意されていたのだから、出掛けるってわかっていたはずなのに、どうしてガーベラはわざわざ出掛けるのかと訊《き》いたのかしら？

何か理由があったのかもしれないけれど、止められなかったのだから、出掛けた方が彼女にとって喜ばしいことなのでしょう。

「図書館へ」

馬車に乗って命じると、御者はいつものことなのですぐに馬を走らせる。

お義母様とガーベラが、皆に悪く言われないといいのだけれど……。

走る馬車の中でぼんやりと考えた。

後妻であるお義母様が、前妻の娘である私を社交界に出さないというのは、きっと外聞がよくないことだろう。

お母様にそっくりな私のことが気に入らないという、女性としての気持ちはわかるので、私に対する仕打ちも理解はできる。

それでも、私がデビューしないとガーベラがデビューできないからという理由であっても、きちんとした私の社交界デビューは果たさせてくれた。

あの時、お義母様の評判は格段に上がったらしい。

新しいエルディア伯爵夫人は、義理の娘に立派な支度をしてあげた、と。

まあ、お父様からの指示と、亡くなったお母様の生家に対する体面もあったのかも知れないけれど。

それに、ガーベラのデビューの時には、それ以上のことをしたのでまた評価は下がってしまったが。

私によくすれば、お義母様の株が上がるのに、お義母様はそれができない。

私は今の扱いに、特に不満はない。

けれどお義母様とガーベラの評判が落ちるのは、エルディア伯爵家にとってもよくないことだと思う。

なので、私の図書館通いはそれを避けるためもあった。

私自身が、派手な席への出席を拒んで図書館に行っているのであれば、お義母様の評判も悪くはなるまい。

……と思う。

何にせよ、私自身が図書館通いが好きなのだ。

今は、密《ひそ》かな楽しみもあるし。

馬車が白亜の建物の前で停《と》まる。

「四時に戻ります。それまで好きにしてていいわ」

「かしこまりました。それでは、四時にこちらでお待ちいたします」

御者は、私を下ろすと馬車停めに向かって行った。

階段を上り建物の中に入ると、ひんやりとした空気を感じる。

受付で入館名簿に名前を書いて、預けている代本板《だいほんばん》を受け取る。代本板とは、借りたい本を抜いた場所に代わりにさしておく板のことで、私のは背表紙に当たるところに銀の飾りがついている。

これがあれば、本を戻す時にどこだったか迷うことがないのだ。

長い廊下を進むと、正面に大きな扉があり、そこを開けると圧巻な光景が広がる。

本、本、本。

三階吹き抜けの大きな部屋の壁は全て本棚。フロアにも背の高い本棚が並んでいる。

空気は紙とインクの匂いに満ちていて、ああ図書館に来たんだわと実感する。

天国だわ。

でも、ここは一般書ばかりなので、今日の私には用がない。そのまま通路を抜けて別の扉から向かうのは、本草書籍《ほんぞう》の部屋だ。

今は薬草に興味があるのよね。

大書庫に比べるとぐっと小さくなる専門書の書庫に入ると、私は目的の本を捜し出し、代本板と入れ替えて抜き出した。

「またお会いしましたね」

と、突然背後から声がする。

「タイレル男爵」

振り向くと、私の密かな楽しみの対象、タイレル男爵がいた。

黒髪に青い瞳の背の高いこの男性と出会えることが、数少ない私の喜びなのだ。

「どうぞ、リシャールと呼んでください、と言ったでしょう？」

「リシャール様も、また薬草の本をお探しでしたの？」

「いえ、もう見つけました。よければまた同席しても？」

「もちろんですわ」

彼は閲覧用のデスクへ向かい、私のために椅子を引いてくれた。

自分はその向かい側に席を取る。たとえいかがわしい場所でなくとも、未婚の男女が並んで座るのは外聞がよくないので。

「今度は何を選んだんです?」

「傷薬ですわ。簡単な塗布薬の処方です」

「先日は染色でしたね」

「はい。あの後、自宅でハンカチを染めてみましたの」

「出来はいかがでした?」

「染めは上手《うま》くできたと思うのですが、色が思っていたのとは違ってました。ですから、刺繍《ししゅう》をして使っています」

彼は、私がどんな本を読んでいてもバカにしたり、どうしてそんな本をと言ったりしなかった。

彼の容姿が素晴らしいのは、物事に疎い私にもわかる。颯爽《さつそう》として、凛々《りり》しくて、暑い日差しの中にある涼やかで黒い木立の影のよう。

でも私は見た目ではなく、彼の態度が好きだった。

リシャールと出会ったのはもう半年も前のことだ。

その頃、私は旅行記を読んでいた。

その時、彼が声をかけてきたのだ。

「もしかして、あなたはエルディィア伯爵家の方ですか？」

「エルディィアの娘、ウィスタリアですが……、どちら様でしょうか？」

突然目の前に現れた貴公子に驚いて目を向けると、彼は礼儀正しく挨拶をしてくれた。

「失礼、タイレル男爵、リシャールと申します。初めてお目に掛かります」

「……初対面なのにどうして私の名前を？」

「私の探していた本のところに、伯爵家の紋の入った代本板がさしてありましたので。ムツ地方の旅行記をお読みではありませんか？」

「ええ……。リンドル博士のムツ滞在記を読んでおります」

私は読んでいた本を閉じ、表紙を見せた。

「実は、私は仕事でムツに行かなくてはならず、その本が必要なのです。せっかくお楽しみのところ申し訳ないが、よろしければお譲りいただけないでしょうか？」

「まあ、もちろんですわ。私は娯楽ですけれど、男爵はお仕事なのでしょう？　どうぞお持ちください」

私はすぐに彼に本を差し出した。

「娯楽でこの本を？　失礼ながら旅行記として女性が読むにはあまり面白いものではないと思うのですが」

「あら、地元の方の生活が細かく描かれていてとても面白いですわ」

私が答えると、彼はにっこりと笑った。

「そうですか。それは益々《ますます》申し訳ない」

私は、男性にあまり興味はない方だと思っていた。けれど、目の前で微笑《ほほえ》む彼がとても美形の男性であることはわかった。

整った顔立ちは、きりっとした眉、濃く深い青の瞳に通った鼻筋。一瞬見蕩《みと》れてしまうほどだ。

「ではこちらでお待ちください。あなたの代本板をこちらにお持ちしましょう」

「でしたら、何かお薦めの本がありましたら、お持ちいただけます？」

「どのような本がよろしいですか？」

「それは男爵様にお任せいたしますわ。他の方が選んでくださる本を読むというのも楽しいと思いますので」

「これは責任重大ですね。では、私の好きな本をお持ちしましょう」

そう言って彼が選んでくれたのは、異国の砂漠の旅行記だった。

それ以来、彼は偶然会う度に声をかけてくれて、私の読んでいる本に興味を持ったようだった。本当に偶然なのだけれど、彼と私は読みたい本のジャンルがよく被ったので。

大書庫の閲覧用のテーブルは人が多かったけれど、専門書の書庫は人が少なく、二人きりで過ごし、会話を楽しむこともできた。

本来なら、図書館は私語が禁止なのだけれど、聞いている人がいなければ咎《とが》められることはない。

今日も、彼は色々と話しかけてくれた。

「その本はあまり実用的ではないでしょう？」

「今取ったばかりですわ」

「知識として読むのなら、グリンジャの薬草百選がいいですよ」

「ではこれを読み終えたら、そちらを読んでみますわ」

「実用的ではないのに、それを読むんですか？」

「どんな本も、一度は読んでみたいので。読んでみないと何がつまらないかがわからないでしょう？」

「つまらない理由を知ったらどうするんです？」

「自分は同じ失敗をしないように注意できます」

「なるほど」

リシャールは、感心したように頷《うなず》いた。

彼は、私の考えを理解してくれる。だから彼と会話をするのは、楽しいのだわ。

本を読み初めて無言になっても、彼の存在を感じているだけで落ち着く。

もしかしたら、私は彼に恋をしているのかもしれない。

数多くはないけれど、今まで出会った男性の中で、一番話が会うし、一緒にいて楽しいのだもの。

けれど、その想《おも》いを突き詰めることはできなかった。

私には、婚約者がいるから。

お父様の再婚話が持ち上がった時、お母様のご実家は新しいお義母様が私の縁談について真剣に考えないかもしれないと心配した。

その考えはあながち間違ってはいなかったけれど……。

それでお母様のお兄様、私の伯父様がお知り合いのデルマン侯爵様の息子さんとの婚約を整えてくださったのだ。

エルディア伯爵家は、伯爵ではあるけれど家柄としては古く、侯爵家のお相手としては問題なく、侯爵家との縁組とあって、お父様も反対はしなかった。

なので、私は遠からず婚約者のクラックスと結婚しなくてはならないだろう。

クラックスはあまり本を読まないので、話が合わない。彼が好むものは狩猟なのだ。

でも結婚は家の決め事だから、従うしかない。

リシャールに向ける気持ちが何であっても、この時間は私が結婚するまでの間だけ。

きっと結婚したら、私の図書館通いは止められてしまうだろう。

静かな時間。

互いが本のページを捲《めく》る音だけが響く。

新しい来訪者は現れず、部屋には二人きり。

何も起きない。

何も変わらない。

穏やかに過ぎてゆくだけの時間。

煩わしいことは頭から消え、本にだけ集中する。彼の気配を感じながら。

この時間がずっと続けばいいのに。それが無理なら、なるべく長く続いてくれればいいのに。

その微《かす》かな願いも、読書に集中するとやがて意識の外へ消えていった。


時間まで、読書を続け、四時少し前に私は本を閉じた。

「お先に失礼いたします」

と声をかけて、立ち上がる。

「もうそんな時間か」

「リシャール様はまだ?」

「もう少し読んでいきます。ああ、そういえば、ウィスタリア殿は今度のロノス侯爵家のパーティには出席しますか？」

「はい」

そのパーティは、主催のロノス侯爵が有力者なのでお父様に必ず出席するようにと言われていたものだわ。

「そうか……。では私も出席しようかな」

「リシャール様はいつも出席なさってるのでしょう？」

「いや、パーティは苦手で、仕事もありますから逃げ回ってます」

「まあ」

逃げ回るという表現に、思わず笑ってしまう。

そういえば、リシャールのお仕事って何なのかしら？

「私もあまりパーティには出席しませんから、一緒ですわね」

「あなたの場合はお義母様が止めてらっしゃるのでは？」

この方は我が家の事情をご存じなのだわ。

彼の言葉通りなのだけれど、それを認めることはできなくて戸惑っていると、彼は話題を変えた。

「もしあなたと会場で会えたら、ダンスを申し込んでもいいですか？」

「私には婚約者がおりますのよ？」

「知っています。デルマン侯爵家のクラックス殿でしょう？　でもまだ正式な婚約発表はしていない」

「はい。まだです」

「ならば、一曲くらい許してくださるでしょう」

それもそうね。

クラックスは私を束縛したいなんて考えてはいないだろうし、私がいない席ではきっと他の方と踊っているのだろうし。

「そうですわね。でしたら是非」

「あなたと踊れるなら、覚悟を決めて出席することにします」

「大袈裟《おおげさ》ですわ」

「そうでもないですよ。今の姿も可愛いですが、綺麗に着飾ったあなたを見るのは初めてになるでしょう」

今の姿が地味だと言われているのだけれど、厭味《いやみ》はない。

「大して変わらないと思いますわ」

何故《なぜ》か彼はクスリと笑った。

「あなたは本当にご自分に頓着がない」

「どういう意味です?」

「いえ、それより馬車を待たせているのでは?」

「いけない。それでは、失礼致します」

改めて礼をし、私は部屋を後にした。

本を返し、代本板を受付に預けて外に出ると、待っていた馬車に乗って帰宅する。

夕食には十分間に合うから、呼ばれるまでまた刺繍でもしようかしら?

いらない端切れを使って巾着を作ってメイドにあげると評判がいいのよね。

ドレスを作りたいなんて大それたことは考えないけれど、小物をチマチマ作るのは好きなのだ。

だが、屋敷に戻った私にそんな時間はなかった。

「ウィスタリア様。大変ですわ」

迎えに出たメイドは、焦った様子で私に駆け寄った。

「ただいま。廊下を走るとロームに怒られるわよ?」

ロームとは、我が家の執事だ。

いい人なのだろうけれど、とても礼儀にうるさい。メイドが声を張り上げたり走ったりすると、すぐにお小言が飛んでくる。

もちろん、私やガーベラにも。

「それどころではございません。クラックス様がお待ちでございます」

「クラックス様が？　まあ突然どうしたのかしら？」

「それが……、突然ではなく、来訪を伝えていたのに不在とはどういうことかと、酷《ひど》くお腹立ちのご様子で。とにかく、お部屋の方へ」

何か……、わかった気がする。

メイドに先導されてティールームへ向かうと、部屋の中からは明るい笑い声が聞こえた。

「失礼いたします、ウィスタリアです。ただいま戻りました」

私が扉を開けると、その笑い声がピタリと止《や》んだ。

ティルームには、赤毛の、ちょっとお化粧の濃いお義母様。お義母様の向かいの長椅子には同じ赤毛のガーベラが、何故か金髪の私の婚約者であるクラックスと並んで座っている。

普通なら、お義母様とガーベラが並んで座り、お客様のクラックスが一人駆けの椅子に座るべきなのに。

「また図書館へ行っていたそうだな。婚約者より本が大切か？」

クラックスは冷たい目を私に向けた。

「おいでになるとは知らなかったものですから」

「まあお姉様、私お出掛けになる時にクラックス様がいらっしゃると……、あら、いえ。

そうですわね、私が伝え忘れたのかも」

ガーベラはわざと途中までいいかけてごまかした。

まあ、確かに出掛けに『クラックス』の名前は口にしていたわね。

ただ語尾はごまかしたし、私が聞き返しても何も言ってくれなかったけれど。

「ごめんなさい、聞き取れなかったわ」

私は空いている一人掛けの椅子に腰を下ろした。

「私の失態から、お待たせしてしまって、申し訳ございませんでした」

謝罪はしたのだが、彼の目は冷たいままだった。

「またそんな粗末なものを着て、みっともない。もう少し私の婚約者だという自覚を持ってもらいたいものだな」

「お姉様は楽なドレスがお好きなのですわ」

オレンジの鮮やかなドレスを身に纏《まと》ったガーベラが横から口を挟んだ。

「にしても、限度がある」

「ごめんなさい。私がもっと気をつけていれば……」

「君のせいではないだろう。ウィスタリアの常識の問題だ」

私のクローゼットに用意されているドレスはこれと同じようなものしかないのです。後は正式なパーティ用の派手なものが何着か。でもまさかそれを着て図書館に行くわけにはいかないでしょう？

　という言葉を呑《の》み込《こ》む。

「まあ、ウィスタリア、あなたそのリボン、ガーベラのではなくて？」

　お義母様がわざとらしいほど大きな声を上げた。

「お義母様。わざわざ指摘なさらなくても……」

「でもガーベラ、あれは先日買ったばかりのものでしょう」

「ええ、でも……。お姉様が私よりもご自分の方が似合うと……」

　違うでしょう。

　あなたが自分よりお姉様にお似合いだと言ったのでしょう。

「妹のものを取り上げるほど着飾ることに興味があるのなら、もっとドレスの方に気を回してもらいたいものだな。今度のパーティには、恥ずかしくない格好をしてきてくれ」

「……努力いたします」

「もういい。私は帰る。君と話をしてもつまらない」

「まあ、夕食をご一緒してくださらないのですか？」

　ガーベラは彼を引き留めるようにその腕を取った。

「今日はウィスタリアとパーティのことについて話をするだけのつもりだったので、家に外食を告げて来なかったのだ。悪いが、失礼させていただく」

私にかけるよりずっと優しい声で、彼が答える。

「そうですか……。残念ですわ」

「本当、残念ですわ。どうか次は是非我が家でお食事なさってくださいね」

お義母様の猫撫《ねこな》で声に、彼は軽く会釈を返した。

「次には必ず。では、失礼いたします」

「お送りいたしますわ、クラックス様」

ガーベラも立ち上がり彼について行こうとしたので、私もそれらに続こうとした。

「では私も」

「君はいい」

けれどクラックスの緑の瞳は冷たく私に向けられた。

「そうよ。クラックス様をないがしろにした罰として、あなたは今夜のお夕食はお部屋で一人でいただきなさい」

お義母様はそう言って、クラックス達《たち》に続いて部屋を出て行ってしまった。

……やれやれだわ。

私は自室へ戻りながらため息をついた。

出掛けのガーベラの様子が変だとは思っていたのよね。

いつもなら無視するのに、わざわざ声をかけてきてリボンまで付けてくれて。

あれはこういう筋書きのためだったのね。

私は相変わらず身なりに気を遣わず、婚約者のクラックスが来るとわかっていながら図書館通いを優先。

その上妹のリボンを強引に取り上げた、ということになるのだろう。

ガーベラが、クラックスに気があるのは感じていた。

クラックスはちょっと単純なところがあるけれど、金髪に緑の瞳の美男子。ガーベラが気持ちを動かすのはわからないでもない。

それ以上に、お義母様が、私の婚約者が侯爵だということが許せないのだろう。

我がエルディア伯爵家は、決して悪い家柄ではない。

けれど、爵位に厳しい貴族社会の中では、格上の爵位のお家に縁談を持ち込むのはなかなか難しい。

私とクラックスの縁談がまとまったのは、お母様の実家がデルマン侯爵家とお付き合いがあったからだ。

お義母様がクラックスの婚約相手を私からガーベラに変えたいと思っても、お義母様もお父様もデルマン侯爵家の縁が薄いし、そんなことをしたらお母様の実家のメンツをつぶすことになる。

かと言って格下のこちらから婚約破棄をしたいなんて言い出せない。

彼女達の望みを叶《かな》えるためには、クラックスから、私ではなくガーベラと結婚したいと言い出してくれるのを待つだけ。

だから、私を悪者にしたいのだ。

私は、クラックスとどうしても結婚したいわけじゃない。

いっそ誰とも結婚しないで、学者の道を目指したっていい。

クラックスがガーベラと結婚したいと言うなら、それでもいい。

でも、クラックスも非のない女性に一方的に婚約破棄を言い渡すこともできないのだろう。彼が酷い人になってしまうもの。

上手くいかないわ。

本当に貴族社会のしきたりとか因習とかって面倒。

私はもう一度ため息をついた。

好きな人と自由に結婚できたり、女性が好きな仕事を選んだりできないこの世界に窮屈さを感じて。


よい家のお嬢様には、社交界にデビューする頃に侍女が付く。

身の回り一切を世話してくれる女性の使用人で、家の雑務を引き受けているメイドとは違う。

でも私には侍女は付いていなかった。

ガーベラには付いているけれど。

社交界デビューの直前、一度だけ侍女が付いたことはあった。

お義母様が連れてきた新参の女性で、一カ月で辞めてしまった。

「ウィスタリアお嬢様は私の手には負えませんわ」

と言うのが、彼女の退職理由だった。

彼女がいた一カ月の間、私が彼女にしてもらったのは、デビューの日のパーティの支度の手伝いと、お茶を運んでもらうことぐらいだったのに。

お義母様は、せっかく付けてあげた侍女を逃がしたのは自分の責任だから、もう侍女はつけませんと言った。

以来、私の支度は自分でするか、メイドに手伝ってもらうことになっている。

メイド達は幸いなことに私の親切だった。

私が作った小物をあげたりしてるからかもしれないし、お義母様やガーベラが彼女達に辛くあたったりしているからかもしれない。

元々着飾って出掛けることがないので、それで十分だった。

「お嬢様は前髪を切られるか、上げてしまわれた方がよろしいと思いますわ。せっかくのお美しいお顔が隠れてもったいないと思います」

でも今日は、支度を手伝ってもらわなければならない日だった。

ロノス侯爵家のパーティに出席するからだ。

「お母様が切ってはダメと言うのよ。だからこのままでいいわ」

「でも、まるでお顔を隠すように前に垂らしていては見づらいのでは？」

「もう慣れたから大丈夫」

まだ小さい頃、お義母様から『私を母と思うのならその顔をあまり見せないで。あなたのお母様を思い出すと、とても辛くなるの』と言われてしまったのだ。

その頃はまだお父様は私を可愛がってくれていた。

後妻に入った家で先妻そっくりの娘が可愛がられているのを見るのは辛い、ということを切々と訴えられたので、私は前髪を片方の目が隠れるくらい前に垂らすことにした。

揃《そろ》えて切った髪を目が隠れるほどに伸ばしてもよかったのだが、それでは本が読めないので。

今の髪形だと、本を読む時にだけ垂らした前髪を耳にかければ済む。

「前髪でお顔が隠れていると陰気に見えますわ。デルマン侯爵様もきっと明るい方がお好みでしょう？　せめてもう少し、髪を飾られませんか？」

彼が私の髪形を気にするかしら？

「うーん……、わかったわ。任せます」

メイドは細いリボンを何本も使って私の髪を飾った。

お義母様が髪飾りを渡してくれなかったので、メイドが考えてくれたのだ。

身に纏うドレスは青。それも濃紺の重たい色。襟元には白いレースが付いているが、それが余計に修道女の服のように見える。

ドレスを選んでくれたのはお義母様だった。

緑もいいけれど、青はあなたの瞳の色と同じだからと言って。

「ガーベラ様はドレスも靴も新調なさったようですよ」

「そう？　いいのじゃない？」

「またそんなことを。本当にお嬢様は欲のない」

「欲がないというより興味がないのよ。それに、履き慣れた靴の方が歩き易《やす》いわ」

支度がすっかり出来上がると、私もそれなりに綺麗に見えた。

メイドの努力の賜物《たまもの》ね。

自分としては、結構綺麗にしてもらったと思ったのだけれど、お父様はお気に召さなかったようだった。

「お前はまたそんな地味なドレスを」

でもこれはお義母様が選んでくださって……、と言う前に選んだ本人が間に入った。

「ウィスタリアがパーティに出てくれる気持ちになっただけでもよろしいじゃありませんか。娘の装いに一々口を挟んではいけませんわ」

お義母様は髪を結い上げ、赤い髪に映える真珠の簪《かんざし》を挿している。ドレスは落ち着いた赤に刺繍の施されたものだった。

「お父様。私は？　おかしいところはありません？」

明るい声が響き、ガーベラがお父様に抱き着く。

こういうところが、きっとお父様は可愛らしいと思うのだろう。私にはできないわ。

「こらこら、抱き着いてはよく見えないだろう。どれ、そこに立ってごらん」

言われて身体を離したガーベラは、お父様の前でくるりと回り、淡いグリーンのドレスのスカートをふわりと広がらせた。

髪も巻いて、エメラルドの髪飾りを付けている。

「ああ、可愛いよ。それでは行こうか」

お父様のことは好きだけれど、あんなふうに甘えることができない。一番甘えたい盛りの時に再婚されたせいかも知れない。

遠慮ばかりする私と一緒にいても楽しくないだろう。

ガーベラがいてくれるお陰で、お父様は『可愛い娘』を堪能できるのだと思うと、ありがたいわ。

馬車の中でも、お義母様とガーベラがお父様とずっと話をしていた。

ロノス侯爵は国内屈指の有力貴族。今日はそのロノス侯爵の誕生日とあって、盛大に行われるとのことだった。

王家主催のパーティには及ばないだろうが、国内外の貴族が集まるに違いない。

招かれるだけでも光栄なことだ。出席者にはやんごとない人々もいるから、くれぐれも振る舞いには気を付けるように。もしかしたらガーベラは誰かに見染められるかもしれないぞ、などなど。

そうこうしている間に馬車は件《くだん》のロノス侯爵邸に到着した。

お父様のいう通り、ロノス侯爵家の勢力は相当のもののようだ。

美しい飾りのついた門から外にまで何台もの馬車が列を成している。

私たちの馬車にも使用人が名を尋ねに来た。御者がエルディア伯爵家と名乗ると、伯爵様は右手の馬車停めにお回りくださいと言われていた。

右手、ということは左手もあるのだろう。

言われた通りに進んで行った先で、やっと馬車を降りると、目の前には横に長いお屋敷が聳《そび》え建っていた。

何て美しいお屋敷かしら。

それに、次々と馬車から降りて来る人々も美しく着飾っている。

まるで物語の挿絵のよう。

「エルディア伯爵様は、どうぞそのまま大広間へお向かいください」

入り口で客を迎える従者が案内を口にした時、ガーベラが私の腕を取った。

「お姉様、私馬車に扇を忘れてしまったの。取ってきてくださらない？」

「でも……」

「今なら、うちの馬車はまだあそこにいるから。お願い」

「……わかったわ。中で待っていて」

私は家族から離れて馬車へ向かった。

「トマス、待って」

御者の名を呼び呼び止める。

「どうなさったんです？　お嬢様」

「ガーベラが忘れ物をしたらしいの」

「では少し端に寄りますのでお待ちください」

馬車は次々とやってくるので、御者はその流れから外れるようにして馬車を停めた。

扉を開けて中に入り、扇を探す。

扇はすぐに見つかり、私はそれを持ってまた入り口へ向かった。

「どちら様ですか？」

だが入る前に入り口の従者に止められた。

「エルディア伯爵家の娘、ウィスタリアです」

名乗ると、従者は名簿に目を走らせた。

「エルディア伯爵様は既に入られましたが？」

「忘れ物を取りに行っていたの」

「少々お待ちください」

彼は近くの従者に声をかけた。声を掛けられた方が奥に向かって姿を消す。

中に入れなかったらどうしようかしら？

帰ってもいいのだけれど、お父様は怒るわね。クラックスもきっと怒るわ。でもパートナーなら、ガーベラが務めてくれそう。

ああ、わかったわ。それが望みだったのね。

彼女のためにも、本当に帰ってしまおうかしら？

そう思った時、頭の中にリシャールの顔が浮かんだ。私と会うために苦手なパーティに顔を出すと言っていた彼の顔が。

私も……、会いたい。

仕方がない。待つしかないわね。

私の横を人々が過ぎてゆく中、ずっと立って待っていると、先ほど消えた従者が戻ってきて受付に何かを囁《ささや》いた。

「失礼いたしました、ウィスタリア様。どうぞこの者が案内しますので、奥へ」

どうやら中には入れそうね。

「お妹様のところでよろしいでしょうか？」

「ええ、ありがとう」

お礼を言うと、従者は少し驚いた顔をしてから、にっこりと笑った。

彼は、大広間にいるガーベラの下へ私を連れて行ってくれた。

人々が笑い交わすさざ波のような声が響く大広間。絵の描かれた天井からはシャンデリアが煌《きら》めき、石を組み合わせたモザイクの床はその光を反射して輝いている。

等間隔に並ぶ背の高い大きな窓は彫刻に縁取られていて、その窓の一つの前に、ガーベラとクラックスが立っていた。

「ウィスタリア様をご案内いたしました」

の声に、二人が振り向く。

私の姿を見た途端、クラックスが険しい顔になる。

「どうしてそんなドレスを着てきたんだ」

「……え？」

「私に合わせてグリーンにしろと伝えただろう。何のためにわざわざ足を運んだと思っている」

「……聞いてないわ」

でも、お母様が緑ではなく青がいいわね？　と訊いてきたのは、私は緑を薦めたけれどあなたは青を選んだわね？　ということなのだとわかった。

先日彼が我が家を訪ねてきたのが、この盛大なパーティで、婚約者と揃いの装いをしたいと伝えにきていたのだということも。

だから、ガーベラは淡いグリーンのドレスなのね。

「申し訳ございません」

「クラックス様の瞳の色に合わせるのではなく、自分の瞳の色に合わせたいと思われたのですわ。私も自分の瞳の色に合わせましたもの」

取りなすような言い方だけど、私がわざと彼に従わなかったと言われてしまった。

お陰でクラックスの表情は余計に険しくなった。

「身勝手な。せめてもっと明るい色を着てくればいいものを、センスのない」

「……すみません」

「もういい。私はロノス侯爵に挨拶をしてくる」

イライラとした様子で、彼はその場から離れて行った。

私は、ガーベラに歩み寄った。

彼女がビクッと身体を引いたので、持ってきた扇を差し出す。

「ガーベラ。扇を取ってきたわ」

「まあ。ありがとうございます、お姉様」

ほっとしたような顔で、彼女がそれを受け取る。怯《おび》えた様子を見せたのは、自分が悪いことをしているとわかっているのね。

私は怒ったりしないのに。

「お父様達は？」

「侯爵様にご挨拶に行ったわ。ねえ、お姉様。ダンスが始まるまで、あちらで飲み物でもいただきません？」

「侯爵様のご挨拶前にいいのかしら？」

「いただいてる方がいらっしゃるから大丈夫じゃないかしら。さ、行きましょう」

彼女は私の手を取って、大広間の片隅にあるドリンクサービスのカウンターへ向かった。確かにその周囲ではワインのグラスを手にしている方がいる。

「はい、お姉様」

ガーベラは赤ワインのグラスを取って私に差し出した。

ワインはそんなに好きではないのだけれど、受け取るしかないわね。

彼女も同じく赤ワインを取って、窓際へ向かった。

大きな窓は少し開いていて、夕方の涼しい風が入ってくる。

「ねえ、お姉様。クラックス様は怒ってらっしゃったわね」

「そのようね」

「怒ってらっしゃる？　ドレスのこと、伝え忘れてしまって」

「いいえ。でもクラックス様には申し訳ないことをしたわ」

「そうでしょう？」

彼女は勢い込んで言った。

「そんな暗い色のドレスじゃきっとクラックス様も恥ずかしいと思うわ。私は彼に合わせたグリーンのドレスを着ているけれど」

「でも着替えることはできないわ」

「誰がドレスを替えろと言ったのよ、相変わらず鈍いわね」

ガーベラの声が低くなる。

こちらを見る目付きも意地悪くなっている。

悪役みたいな顔つきだって、注意してあげるべきかしら？

「今日のクラックス様のパートナーを私に譲れって言ってるのよ」

「それはできないわ」

「どうしてよ」

「正式な発表はしていないけれど、私がクラックス様と婚約しているのは周知の事実だもの。婚約者を放っておいて他の女性と踊ったら、彼の評判が悪くなってしまうわ」

「あなたが怪我《けが》をしたとか何とか言って帰ってしまえばいいのよ」

「それもできないわ。招待してくださったロノス侯爵様に失礼だもの」

「あなた一人いなくなったって、気になさらないわよ」

そうかもしれない。

でも私は一目だけでも、リシャール様に会いたかった。

「クラックス様は、あなたと結婚なんかしたくないと思っているのよ。それがわからないの？」

いいえ、薄々は感じていたわ。

だから本当はあなたに婚約者の地位を譲ってあげたいのだけれど……。

「残念だけど、私から婚約を断ることはできないのよ、ガーベラ」

それが貴族というものなの。

「本当にイライラする人ね。親の決めた婚約者だからってことに胡座《あぐら》をかいて。社交のひとつもできないで侯爵夫人になるつもり？」

できないわけじゃないのだけれど……。

に聞こえるわ。

「そんなに侯爵夫人の地位が欲しいの？」

そんなことは一言も言ってないのだけれど。

というか、その言い方だとあなたがクラックスより侯爵夫人の地位を欲しがってるように聞こえるわ。

「ガーベラはクラックス様が好きなの？」

問いかけると彼女は顔を赤くした。照れたから、というより怒って。

「私がどう足掻《あが》こうと無駄って言いたいのね」

いいえ、そんなことは。

「でもどうかしら？　あなたが婚約者の地位にしがみついていても、何の努力もしなければ、クラックス様の方から断ってくるということもあるのよ？」

彼女はそう言って私に近づいたかと思うと、自分のドレスにワインを零《こぼ》した。

「ガーベラ！」

慌てて声を上げて彼女の手を取ると、今度は私の手にあったグラスを叩《たた》き落《お》とした。

私の方はドレスにはかからなかったけれど、彼女の淡い色のドレスにはくっきりと赤黒い染みがついてしまった。

「大変よ、すぐに落とさないと」

彼女の顔が泣き顔に変わる。

当然よね。こんな大事な席でドレスを汚してしまうなんて。

けれど彼女は私の横を擦り抜けるように小走りに駆け出した。

「クラックス様」

その先には、友人らしい数人の男性達と戻ってきたクラックスの姿。

ガーベラは真っすぐクラックスの胸に飛び込んだ。

「どうした、ガーベラ」

「お姉様が……。どうしてこの色のドレスを着てきたのかと怒ってワインを……」

「何だって？」

「私……、偶然でしたのに。お姉様がグリーンのドレスを選ぶと思っていたから、わざわざ淡い色にして被らないようにしたのに」

涙ながらに訴えるガーベラの肩を抱き、クラックスは近づいてきて私の頬《ほお》を叩《たた》いた。

「見下げた女だ。自分勝手で底意地の悪い。ずっと彼女を虐《しいた》げていたのを私が知らないと思っていたのか？」

「私がガーベラを虐げる？」

「もう我慢ができない。お前のような女とは結婚できない。たとえ親の決めたものであろうと、婚約は破棄だ！」

「え……」

「君達が証人となってくれ。私はウィスタリア・エルディアとの婚約を破棄する。彼女はもう私の婚約者でも何でもない！」

彼は驚いた顔で立っていた背後の友人達に向けて宣言した。

「おいで、ガーベラ。すぐに落とせば何とかなるだろう。そうしたら私とダンスを踊ろう。だからもう泣かないで」

「クラックス様……」

「さ、おいで」

そこにグラスは落ちていた。

ガーベラのドレスはワインで汚れていて、彼女は泣いていた。

誰が見ても、ガーベラの主張が正しいと思ってしまうだろう。

彼はガーベラの肩を抱いたまま、私に背を向け、立ち去った。

残された彼の友人達も、暫《しば》し呆然《ぼうぜん》としていたが、何事かを囁き交わして立ち去った。

彼等が証人となって、私の婚約破棄はすぐに皆に知れ渡るだろう。

こうきたか、という気持ちだった。

私がガーベラを虐げていたことを知っていた、と言ったけれど、きっと今まで私の知らないところで彼女がそれをクラックスに吹き込んでいたのだ。

クラックスを愛していたわけではない。でもガーベラは彼のことが好きなようだし、ク

ラックスも話の合わない私よりガーベラの方を気に入っているようだ。

二人が好き合っているのなら、これでいいのかもしれない。

愛はないけれど、寂しさは感じた。

騒ぎに気づいた給仕が駆けつけてきたので、説明をしようとした時、少し開いていた窓から出てきた人物が給仕に指示を出した。

「君、レディがグラスを落としてしまった。破片を片付けてくれ。ウィスタリア殿、君はこちらへ」

私の名前を口にしたのは、青い礼服に身を包んだリシャールだった。

彼にも今の騒動を聞かれたかしら？

彼にも私のことを妹を苛《いじ》める女と思われてしまったかしら？

クラックスには弁明しようという気も起きなかったのに、彼には誤解されたくないという気持ちが起きる。

「すまなかった。出遅れてしまった」

「え……？」

「バルコニーにいて、君達姉妹の会話は聞いていた。聞いていたから出られなくなってしまってね。彼女が自分で自分のドレスにワインをかけるところも見ていたよ」

彼の手が、私の手を取る。

その時、音楽が鳴り始め、人々がフロアに出てダンスが始まった。

「踊ってくれますか？」

嬉《うれ》しい誘いだったけれど、私は首を横に振った。

「ごめんなさい。約束していたけれど、今日は踊れないわ」

「何故？　君の婚約者だった男は君を置いて行ってしまったのに？」

「彼のあの様子では、今日中にでも婚約は破棄されるでしょう。でもまだ皆はそれを知りません。婚約者をさしおいて他の方と最初にダンスを踊ることはできません。あなたにも、クラックス様にも恥をかかせてしまいます」

「あの男がこの後君とダンスを踊りに戻ってくるとは思えないが、君の言うことはもっともだ。それでは少し話でもしないか？」

ダンスが始まったので、皆の注目はフロアに向けられていた。

彼は、自分が出て来た、開いた窓からバルコニーへと私を連れ出した。

ここへ到着した時はまだ夕暮れだったのに外はもう暗くなっている。

外へ出ると、リシャールは手を離して私から距離を置いてバルコニーの手摺《てす》りにより掛かった。

「どうして、違うと言わなかったんだい？」

「え？」

「さっきのこと。ワインは妹が自分でかけたのだと言えばよかったのに」

「でもそうしたらガーベラが、妹が困ってしまいますわ。それに、きっと信じてもらえなかったでしょう」

「君の妹は、これまでも色々と画策していたようだね」

「そうかもしれません。でも……、他の方にはわからないことですわ」

「デルマンは君との婚約を破棄すると言っていたけれど、どうするんだい？」

「どうする？」

「君が彼との婚約を破棄されたくないのなら、私が彼に証言してもいい。あれは妹が仕組んだことで、君が悪いわけではない、と」

「そうですわね……」

言っても、クラックスは信じてくれるかしら？

ガーベラが、どうしてそんな意地悪をしたと責められたりしないかしら？

「信じてもらえないとか、妹の立場を考えている？」

返事をしないでいると、まるで心を読んだかのように彼が言った。

「どうしてわかった、という顔をしているね。でも君の考えそうなことぐらい、私にはわかる。ウィスタリア殿をちゃんと見ていれば、君が他人のことを優先して考えてしまうことはわかるはずだ。デルマンの目が節穴だということもね」

「まあ、節穴だなんて」

「節穴だ。君のよさが全くわかっていない」

私を慰めてくれるのね。

「ありがとうございます」

本当は、あなたと踊りたかったの。初めて見た礼装のあなたはとても素敵だわ、と言いたかった。

でも……、言えなかった。

あんなところを見られて恥ずかしかったし、婚約破棄されたばかりの女が他の男性と踊りたいだの、その姿が素敵だのと口にするのは、はしたないことだもの。

私達が黙ってしまうと、大広間から漏れてくる音楽だけが、二人の間を流れてゆく。

「私……、帰りますわ」

「ウィスタリア殿？」

「私がここにいても、もう意味はありませんもの。パーティが始まるまでは、退出するのは失礼にあたるかと思っていましたが、もう大丈夫でしょう。侯爵様と両親には体調を崩したので失礼させていただくと侍従に伝言を頼みます。もっとも、あまり気にはされないでしょうが」

婚約破棄のことを聞けば、お父様は怒るだろう。でも、お義母様は喜ぶかしら？

「本当に、いいのですか？」

「はい。それが一番いいことだと思います」

「君は……」

リシャール様は、何か言いかけて止めた。

悪いことを悪いと言えない、はっきりしない女と思われたでしょうね。

もう、図書館で会っても、声をかけてもらえなくなるかも。

「それではリシャール様、これで失礼を……」

「送ろう」

彼は私の手を取り、もう一方の手で肩を抱いた。

「あ……、あの……」

「気分の悪くなった女性が、一人でスタスタと歩いていてはおかしいだろう。紳士として、体調の悪い女性を支えてエスコートするのは当然のことだ。それに、ご家族が残られるのならば、君の家の馬車は使えまい。それとも、馬車は二台で？」

「いいえ、一台です」

そうだわ。私が乗って帰ったら、お父様達が困ってしまう。

「私は友人の馬車にでも乗せてもらいます。本当はお屋敷まで送り届けたいが、悪い噂《うわさ》になっては困りますから、御者に言い付けて送らせましょう」

「でも……」

「行きましょう」

促され、光の溢《あふ》れる大広間へ戻る。

ワインで汚れた床も、グラスの破片も既に片付けられ、何事もなかったかのように宴は続いていた。

人々の注目は私などではなく、フロアで踊る美しい人々に向けられている。

目立たぬようにその場を通り過ぎると、彼は私が入ってきたのとは別の出入り口へ向かった。

受付の従者に。

「エルディア伯爵令嬢、ウィスタリア殿が体調を崩されて帰られる。タイレル男爵の馬車を回してくれ」

と命じた。

暫《しばら》くすると、黒い、地味だけれどシックな感じの馬車がやってきた。

リシャールは御者にも、私が体調を崩したので送り届けるように命じた。

「明日には、そう悪くはないこともあるでしょう。どうか、早起きして、朝の光を浴びてください」

と言って、私を送り出した。

明日になったら……。

いいえ、今晩のうちに、私は帰宅したお父様にお叱りを受けるだろう。

さっきの様子では、クラックスはこの会場で婚約破棄をお父様へ告げるに違いない。侯爵家との縁組を何だと思っているのか、と怒るに決まっている。

でもお義母様は喜ぶのかも。

どちらにしても、気が重かった。

私があの家にいる意味がなくなってしまったし、お義母様が私を追い出すために持ってくる縁談は、あまりよいものとは思えなかったので……。

思った通り、パーティから戻ったお父様はカンカンだった。

「何をしてるんだ、お前は！」

というカミナリから始まって、正式ではなかったとはいえ、周知の事実であった婚約を破棄されるとはエルディア伯爵家の恥だ。

せっかくの侯爵家との繋《つな》がりを、お前の愚行で断ち切るつもりか。

愛想も何もないお前が、親の決めた婚約者以外に嫁ぐ先があると思うのか。

母親が違うからと言って、自分の妹を苛めて楽しんでいたのか。

ただ、予想と違っていたのは、私に対する罵詈雑言《ばりぞうごん》が終わった後だった。

「幸いにも、クラックス殿からお前との婚約は破棄するが、我が家との繋がりは続けてもよいというお申し出があった。あちらとしても、婚約破棄というのは家名に傷が付くと判断したのだろう。正式な発表がなかった故に皆が誤解したようだが、クラックス殿の婚約者はエルディア家の娘は娘でも、姉のウィスタリアではなく妹のガーベラであった、ということにしてくださるそうだ」

つまり、お義母様とガーベラの望みは叶えられたのだ。

お陰でお父様の怒りはいくぶん軽く済んだとも言える。

「暫くの間、お前は公式な席へは出さない。ガーベラがクラックス殿とパーティに出席し、二人が本当の婚約者であった、と情報が上書きされるまで、お前はおとなしくしていろ」

というだけで済んだのだから。

退室を命じられ、自分の部屋へ戻ると、私はすぐに着替えてベッドに入った。

疲れた……。

いったい、何が正解だったのだろう。

クラックスとの婚約は、私の知らないところで決められたものだった。

彼と会ったのは、ほんの二年前のことだ。

それまでお互い婚約のことは聞いていたが、直接顔を合わせることはなかった。

彼がこの屋敷を訪れた時、彼は誠実だった。私に、長い付き合いになるのだから仲良くしたいとも言ってくれた。

遠乗りに行こうと誘ってもくれたこともあった。

けれど、私は馬には乗れなかった。勉強とダンスとピアノを教えてくれる家庭教師はつけてくれたけれど、それ以外のことは教えられなかったからだ。

家の中で過ごすことについては学ぶことができたけれど、外に出て行くことはお義母様が許してくれなかった。

ガーベラは馬に乗れた。

流行の芝居についても詳しかった。

いつの間にか三人で話をしていても、会話をするのはその二人だけとなり、彼が来ることを教えてもらえなくなったり、彼が来る時に用事を言い付けられたりした。

話していてもつまらない、約束もすっぽかされる、そんな私をクラックスが遠ざけるようになったのも当然だろう。

君はつまらない女だな、と言われた時はさすがに傷ついた。

彼に、全て言えばよかったのだろうか？

家ではさせてもらえないことが多いので、できないことが多いのだと。あなたが来る時に会わないように邪魔をされている。と。

でもそれはお義母様とガーベラを悪く言うことになる。

私達を悪人にしたいのか、とお義母様達に言われたら、どうしたらいいのか。

結局、私は何も言えなかった。

婚約破棄は、私が悪いのだ。

彼とわかりあえる努力を怠ったのだから。

彼に分かってもらいたいという気持ちになれなかったのだから。

リシャールには、誤解されたくないと思ったくせに。

暗い気持ちのまま眠りに落ち、翌朝はいつもより早く目覚めた。

メイドを待たずに自分で着替え、前髪で顔を隠すように髪を作る。

リシャールの言った通り、朝の光を浴びると少し気分がよくなるわ。

そうね、何もかも悪く考えてはいけないわ。

今日は無理でも、いつかお父様に結婚はしたくないと言ってみよう。王立のアカデミーには女性の学者もいると聞く。私も学者を目指してみたい、それがだめなら家庭教師になるのも悪くない。

この家に迷惑をかけないように独立したいと言ったら、きっとお義母様は反対しないだろう。

お義母様は私が好きではない。

ガーベラが嫁いでしまうと、私が婿を取って伯爵家を継ぐことになる。でも家を出てしまえば、お義母様は親戚の家から養子をとって後を継がせるだろう。

以前そのようなことも言っていたし。

お義母様の親族に、爵位を継げない男子が何人かいるので、ガーベラもしかるべきところに嫁がせたい、と。

その両方が叶うのならば、私が家庭教師になることくらいは許してくれるだろう。

よいことを考えよう。

人生はきっと、悪いことばかりではないわ。

勉強を続けていれば、また図書館でリシャールと会うことができるかもしれない。

望むことは、もうそれだけでいい。

気持ちがすっきりとしたので、朝食の席につくのも辛くはなかった。

「ごめんなさいね、お姉様。婚約者を横取りするようになってしまって」

本当にすまなさそうに言うけれど、本人がそう思ってはいないことは昨夜のことでよくわかってしまった。

「何を言う。お前がいてくれてよかったよ、ガーベラ。クラックス殿も本当はずっとお前のことが気に入っていたのだろう」

「まあ、お父様。それはお姉様に失礼ですわ」

「自分の責務も果たせなかった娘を気遣う必要などない」

「あなた、ガーベラとクラックス様の婚約はいつ発表なさいますの？」

「暫くは我慢だな。まだウィスタリアが婚約者だと思っている者も多いだろう。あまり早いとクラックス殿が心変わりしたと思われて先様の迷惑になる。だが、発表はしなくても、二人で出掛けることは推奨しよう。皆の方から、本当の婚約者はガーベラだったのではないか、と言い出したらすぐに正式発表だ」

「だったらお父様、私、新しいドレスをオーダーしてもいいかしら？　だって、侯爵様の婚約者になるのだもの、みっともない格好はできないわ」

「そうだな、いいだろう」

二人とも、間違ってるわ。

クラックスはまだ侯爵ではなく、侯爵家の子息なだけなのに。長男ではあっても兄弟がいるので、もしかしたら弟が爵位を継ぐこともあり得る。

でも私は何も言わなかった。

何を言っても怒られるだけだろうから。

「ウィスタリア。少しは申し訳なさそうな顔をしたらどうだ」

何も言わなくても怒られてしまったが……。

それでも何とか和やかに朝食が終わろうとした時、執事が入ってきた。

「旦那様、お客様でございます」

「客？　こんなに早く誰だ？」

「タイレル男爵様です」

リシャール？

「タイレル？　聞かん名だな。何の用だ？」

「ご用件は窺《うかが》っておりませんが、旦那様と奥様、それにウィスタリア様にお話がおありだとのことです」

「ウィスタリア？」

お父様の視線が私に向けられる。

「お前はタイレル男爵というのを知っているのか？」

「図書館でお会いすることはあります」

「それだけか？」

「はい」

「ふむ……。いいだろう。応接室へ通しておきなさい」

「はい」

「男爵ごときが何の用でしょうね。ウィスタリア、あなた何かおかしなことでもしたのじゃないでしょうね？」

お義母様がこれみよがしに言って席を立った。

「全く、あなたには迷惑ばかりかけられるわ」

リシャールの来訪が、まだ迷惑なものとは限らないのに。

お父様を先頭に、お義母様と私が続いて応接室へ向かう。

ガーベラは来客は男爵と聞いて興味がなくなったらしく、自室へ戻ってしまった。

応接室へ入ると、礼服を着たリシャールが待っていて、お父様の姿を見ると立ち上がって一礼した。

「これはエルディア伯爵、早朝突然の来訪にて失礼いたします」

「確かに、人の屋敷を訪ねるには早い時間だな」

礼儀正しいその態度に、お父様の声は穏やかなものだった。

「非礼は重々承知しておりますが、是非とも伯爵に申し込みたいことがあったのです」

お父様はリシャールの向かい側に、私とお義母様は、無言のまま近くの椅子に座った。

「申し込み？」

「はい。昨夜のロノス侯爵のパーティで、デルマン侯爵のご子息が、そちらのウィスタリア嬢との婚約を破棄した、という『噂』を聞きました」

お父様の顔が途端に険しくなる。

「それは噂だ。デルマン侯爵のご子息との婚約は、ウィスタリアではなく、妹のガーベラとのものだ。婚約の破棄などもない」

「然様《さよう》でしたか、これは失礼を。人の噂とはアテにならないものですな」

「その通りだ」

「ですが、社交界では、私のような者にもその噂が届いております」

「むう……」

お父様の口元が歪《ゆが》む。

リシャールは、全て知っているはずなのに、どうしてこんな物言いをするのかしら。

「ウィスタリア嬢は婚約を破棄されたようだ、と」

「だからそれは噂に過ぎないと言っているだろう」

「はい。ですが、エルディア伯爵家にとってはあまりよくない噂かと。そこでそれを払拭するためにも、私とウィスタリア嬢との婚約を許していただけないでしょうか?」

「君とウィスタリアとの婚約?」

「はい。本日は、お嬢さんに婚姻の申し込みに参りました」

……え?

「ウィスタリア、お前は……!」

まさかこの男と付き合っていたのか、という目が向けられる。

「ああ、お待ちください。このことはお嬢様の預かり知らぬことです。ただ私とウィスタリア嬢は図書館で何度かお会いした程度です。ですが、昨日その噂を聞いて、私が彼女とエルディア伯爵の助けになれれば、と考えたのです」

「助け？」

彼はお父様に頷いて見せた。

「そうです。デルマン侯爵の子息の婚約者は妹の方だった。ではどうして姉が婚約者だという話が出たのか、と疑う者もいるでしょう。ですが彼女の婚約が発表されれば、噂は相手を取り違えていただけだと判断される。噂が落ち着けば、妹君の婚約もスムースに進むのではありませんか？」

「それは……。だが男爵家に伯爵家の娘を嫁がせるというのは、抵抗があるな」

「『もしも』噂が真実であったとしても、ウィスタリア嬢の新しい相手が格下の男爵家であれば、デルマン侯爵家としてもメンツも立つのでは？　それに、私は既に爵位を継いでおります。『子息』ではなく」

彼の一言は、クラックスが爵位を得られない可能性をお父様に思い出させた。

爵位が確定している人間は、確定していない者よりはよいだろう、という考えも。

「いいじゃありませんの、あなた」

お義母様が嬉々《きき》とした声で割って入る。

「ウィスタリアの嫁ぎ先は考えなくてはならないところでしたもの。男爵家といえども爵位を継いでいらっしゃるなら、貴族の家ですわ。これが次男や三男では困りますけれどね」

「しかし……」

「それに図書館で出会ったというなら、ウィスタリアとも趣味が合うでしょう。ぴったりのお相手じゃありませんか」

「ありがとうございます、奥様。ああ、妹君が侯爵家に嫁ぐことになれば物入りでしょう。彼女の持参金などは辞退させていただきます。何せ男爵ですから、さほど派手なことをする必要もありませんし」

隣で見ていても、お義母様の顔が喜んでいるのがわかった。

「問題は、ウィスタリア嬢のお気持ちです。私は強引に物事を進めたいわけではありません。ウィスタリア殿、しがない男爵ですが、私の申し出を受けてくださいますか？」

彼は私を見た、
リシャールと結婚する。

それは夢のような話だわ。

だって、私は彼に心を傾けていたのだもの。それでも、結ばれることがないと諦めていたのだもの。

この方なら、きっと私をわかってくださる。一緒にいて楽しい時間を過ごすことができる。

たとえ貧しい生活が待っていたとしても、彼の側に行きたい。

私は、この家で初めて自分の気持ちを正直に口にした。

「私を望んでくださるのでしたら、お受けしたいと思います」

「本当にそれでいいのか？　ウィスタリア」

「はい。お父様。私は自ら望んで、この方に嫁ぎたいと思います」

きっぱりとした口調で答えると、お父様は小さなため息をついた。

「わかった。お前がそう言うのなら、いいだろう」

「ああ、おめでとう、ウィスタリア。私もとても嬉しいわ」

お父様はまだ承服しかねるようだったけれど、お義母様はもう満面の笑顔だった。

「私からも、ありがとうウィスタリア殿。こんな爵位の低い男を選んでくれて」

彼は私を見て優しく微笑んだ。

ああ、この人は私の選択を喜んでくれている。

もしかしたら、昨日のことで私を憐《あわ》れんでの求婚かもしれない。男爵として伯爵家の娘を娶《めと》りたいというだけかもしれない。

それでも、彼は私を歓迎してくれている。

私には彼への好意がある。もう我慢しなくていいのなら、この気持ちはすぐに愛情になるだろう。

私が彼を愛しているのなら、きっと幸せになれるはずだ。

「つきましては伯爵。彼女との婚約を正式に発表するお許しをいただくと共に、彼女を我が家に迎えたいのですが」

「君の家に?」

「もちろん、結婚式を挙げるまでは礼儀正しく振る舞いますが、行儀見習いという体で預からせていただければ、と思います」

「伯爵家の娘が男爵家に行儀見習いなど……」

「いいじゃありませんか。その方があちらのお家に早くなじみますもの。結婚するのなら、お家に慣れるのは大切ですわ」

「お許しいただけますか、奥様。それはよかった。それでは、身の回りの品だけお纏めください。後程うちの執事を使いによこしますので」

「あら、執事がいらっしゃるの?」

失礼だわ、お義母様。まるで使用人が雇えるのか、と言ってるみたい。

「ええ、まだ若く未熟者ですが」

「雇ったばかりなのね」

「お前達はもう下がりなさい。私はもう少し彼と話をするから」

「あら、そうですか？　じゃウィスタリア、行きましょう。おめでたい話だもの、ガーベラにも教えてあげなくちゃ。荷物も作らないとね」

お義母様は立ち上がり、私にも退室するように目で促した。

「でも……」

「行きなさい」

お父様にも言われ、仕方なく私も立ち上がった。

これは、本当のことよね？　夢を見ているわけではないわよね？

不安な目を向けると、リシャールは頷いた。

「必ず迎えに来ます」

私の不安を読み取ったかのような言葉を口にして。


お父様のいない席で、お義母様もガーベラも私を嘲笑《あざわら》った。

「あなたには男爵夫人がお似合いね」

「持参金もいらないなんて、いいお相手じゃない」

「これで私のドレスも沢山作れるわね、お母様」

「伯爵家の体面があるから、ウィスタリアにも何枚かは作ってあげないと」

「あら、そんなの。私のドレスを譲ってあげるわ。私のは素敵なドレスばかりですもの、お姉様のと違って」

悲しくなるような言葉ばかりだったけれど、何を言われても、気にならなかった。

私は、自分の好きな人に嫁ぐことができる。

しかも望まれて。

こんな幸せなことがあるかしら?

二人の前でなければ、踊りだしたいほどの気分だった。

あまり浮かれると、変に思われてしまうから我慢だけど。

お父様とリシャールの話し合いの結果、私がタイレル男爵家に向かうのは、一週間後ということになった。

普通では考えられない早さだが、お父様は文句を言わなかった。

翌日には、若い執事がやってきた。

我が家の執事、ロームに言わせるとなかなか出来た青年というその執事は、私の支度についての細かい説明をお父様にしたらしい。

荷物を運ぶ馬車は男爵家から用意する。ドレス等身の回りの品は伯爵家が十分と思われる程度で結構。足りない場合は男爵家で相応《ふさわ》しいものを用意する。

家具などは屋敷にお部屋を用意しているので必要はないが、お持ちになりたいものがあれば持ち込んでも構わない。

婚約に関しては、しかるべきパーティに出席する際に、リシャールの婚約者として同席することで正式発表とする。

婚約式は望まれるのであれば男爵家で盛大なパーティを行う。その経費は伯爵家側から出していただくことになるが、決定はお任せする。

それに対してお義母様は、しかるべき席で発表するのならパーティなど必要ない。嫁いだらもう他家の者になるのだからしゃしゃり出てはいけないと、婚約パーティを断ってしまった。

若い執事は不快な顔もせず、ではこちらでささやかなものを執り行いましょうとだけ言った。

お義母様が、男爵家となんてかかわりあいたくない、と言った時も、顔色一つ変えなかった。

確かに、ロームの言う通りできる執事だわ。

私が持って行くのは、自分のドレスと、ガーベラのお古のドレスが数枚。家具は何も持って行かないことになった。

お父様が、生活に困ったら売りなさいと、亡くなったお母様のものだったネックレスを一つ渡してくれた。

他にもお母様のものはあったのだけれど、それは伯爵家のものであってあなたの母親のではないと言ってお義母様が渡さなかったらしい。

メイド達は、私が追い出されて男爵家に嫁ぐのだと誤解したのか、荷物を詰めながら「お可哀想に」と繰り返した。

「奥様も酷いです。いくらなさぬ仲とはいえ、伯爵家の娘を男爵家になんて。本来ならお嬢様は侯爵夫人になるはずだったんですよ？」

「いいのよ、私が望んでいるのだから。どうか喜んで送り出して」

「でも……」

「皆とお別れするのは寂しいけれど、私は幸せなの。どうかお父様達をよろしくね」

「お嬢様は優しすぎます。こんなに酷い目にあわされるのに」

「本当なのよ？」

何度も言ったのだけれど、メイド達はなかなか信じてくれなかった。

お嫁入りには侍女が付いてゆくものだけれど、私には侍女が付いていないので、連れてゆく者はいない。

メイドはもちろん連れてなどいけない。

「あちらに馴染《なじ》むためには、余計な人間を連れて行かない方がいいわ」

というお義母様の一言で。

結局、私の荷物は衣装箱二つだけ。

新しく用意したものは一つもない。

　それでも私はリシャールが迎えに来てくれる日を、楽しみに待っていた。

一週間の準備期間はやはり短く、気づけばあっと言う間に私がこの家を出る日はやってきた……。


その日、黒塗りの質素な馬車二台と共に、馬に乗ったリシャールが私を迎えにきた。

私はパーティ用のドレスに身を包み、彼を迎えた。

「それでは、お嬢さんをお預かりいたします」

彼はお父様に挨拶をした。

「一度お連れになるのですから、戻したりしないでくださいね。男爵家から返されたなんて、醜聞以外の何ものでもありませんから」

お義母様の酷い言葉にも、笑顔で答えた。

「もちろん覚悟をもって、お嬢さんを幸せにさせていただきます。返せ、と言われてもお返しできませんよ」

「伯爵家を頼るようなこともなさらないでよ?」

「そのことについては、伯爵と既に話し合い済みです。彼女はもうこの家とはかかわりのない者、ということで。書面も交わしました」

「あら、それはよかったわ」

一台に荷物を積み込み、もう一台に私が乗り込む。

乗り込む前に、お父様は私の側にきて囁いた。

「ネックレスを渡したのだから、困ったことがあってもうちを頼ってこないようにな。ガーベラのためにも、姉が男爵夫人ではあの娘の格が下がる」

お母様の形見を贈ってくれたのだと思っていた。

困った時の助けとしてくれたものだと。

でもそうではなかったのだ。

あれは、私とエルディア伯爵家との手切れ金だったのだ。

私が愛想が悪かったから、お父様は冷たく対応するだけで、まだ私への愛情は残っているのだと思っていた。

もうとっくにお父様の心は私から離れていたのだ。

「それでは、お父様、お義母様、ガーベラ。『さようなら』」

馬車の扉を閉め、窓から顔を出し、私は家族に向かって手を振った。

きっとこれが本当の『さようなら』になるだろう。

私はもうこの家に戻れないかもしれない。かもしれない、ではなくお父様はリシャールと、私とは縁を切る話し合いをしていたのだから、これは決定だ。

産まれ育ったこの屋敷も見納めなのだ。

涙が零れる。

寂しくて、悲しくて。

自分が努力を怠ったからだわ。

もっとお父様に甘えればよかった。お義母様やガーベラとも話し合いをすればよかった。気に入ってもらえるようにすればよかった。

祝福の下で送り出されないのは、私の努力が足りなかったのだ。

ぼんやりしている。

確かにそうだったのだろう。

これからはどんなことにも努力をしよう。自分が努力しなければ、何も得ることはできない。愛されたかったら、愛さなくては。

リシャールを愛して、彼の下に嫁ぐのだもの。彼に望まれているのだもの。私達で作り出す新しい家庭には、愛が溢れるようにしよう。

彼が私を愛してくれるように、彼が幸せになってくれるように、努力しよう。

ハンカチで、止まらぬ涙を拭っていると、窓が軽くノックされた。

「はい」

慌てて窓を開けると、馬に乗ったリシャールが併走していて、こちらを覗《のぞ》き込《こ》んだ。

「泣いていたのか？」

心配そうな顔。

「あ、いえ……」

「私に嫁ぐのは泣くほど嫌だった？」

「そんなことはありません！　絶対に」

私が答えると、彼はにっこりと笑った。

「それはよかった。家族と離れるのは寂しいだろうが、そろそろあなたの新しい家が見える。これからあなたが幸福を手に入れる場所、……になって欲しい家だ」

彼は本当に私の気持ちをわかってくれる。

私の涙の訳も察してくれた。

「私も一緒に馬車に乗ればよかったな。ここからでは慰めることもできない」

「お顔を拝見しただけで、嬉しいですわ」

「あなたがそうでも、私が不満なんだ。しまった、話をしている間に到着しそうだ」

私は顔を出して、進行方向へ目をやった。

馬車は、大きな飾りのついた門をくぐるところだった。

門の内側は、美しく整えられた庭園が迎えてくれている。

驚いた。

彼が『しがない男爵』などというから、てっきり庭もない小さな建物がポツンとあるだけの屋敷だと思っていたのに。

いいえ、最悪の場合、屋敷というものもないことも考えていた。

貴族の爵位は公爵、侯爵、伯爵、子爵、男爵と、男爵は一番下。中には領地もなくアパートで暮らす人もいると聞いたことがある。

もしかして、彼は生粋の貴族ではないのかしら？

男爵の位は商人などが金銭で売り買いすることもあると聞く。若いのにもう爵位を継いでいるというのも、受け継いだものではなく、手に入れた爵位だからなのかも。

もしそうだとしても、リシャールがリシャールであることに変わりはないのだから、どうでもいいわね。

庭園を抜けると、大きな館の前で馬車が停まった。

「ドアを開けるから、窓を閉めて」

「はい」

すぐに窓を閉めたのだけれど、扉はなかなか開かなかった。ああ、馬に乗っていたから、馬を預けるのに手間取っているのね。

「さあどうぞ、婚約者殿」

扉が開き、彼が手を差し出す。

礼服の彼は、まるで王子様のようだった。

いいえ、『よう』ではなく私にとっては王子様だわ。

ドキドキしながら馬車を出ると、さっき見た時にはいなかった多くの人々がズラリと並んでいた。

「あ……あの……。これは……？」

「屋敷の使用人達だ。未来の奥様をお出迎えしたいのだそうだ」

「まあ……」

彼に手を引かれ、一人ずつ紹介される。

「ライアンはもう会ったね？　我が家の執事だ」

彼と同じ黒髪の男性。年はリシャールより少し上かしら。

「メイド頭のローラ」

こちらは随分と年上で貫禄《かんろく》のある女性。

「侍従頭のワイアット」

こちらも髪に白いものが見える年配の男性。でも、執事と侍従頭が別なのね。

「料理頭のミミ」

料理頭は女性なのね。とてもふくよかで力強そうな女性だわ」

「そして君の侍女となるリタだ。ライアンが伯爵家に聞いたところ、君は『侍女を嫌っていて付けていなかった』とのことだが、ここではいた方がいいだろう」

彼なら、本当の理由がわかっていて、そう言ってくれているのだろう。だから言い訳はしなかった。

リタは、黒髪の落ち着いたお姉様、という印象の女性だった。

「あとはメイドと侍従と、その他の者達だ」

「もしよろしければ、皆さんの名前も知りたいわ」

普通、主はメイドや侍従の名前には興味がないものだが、私は知りたかった。

「どうして?」

「これから一緒に暮らすのですもの。リシャール様がお許しくださるなら、名前で呼びたいわ」

「だそうだ。教えていいな?」

「もちろんでございます」

リシャールの問いかけに一同が声を揃えて答えた。

「一人ずつ前へ出て名乗りなさい」

彼が言うと、端から一歩前へ出て名乗った。

それにしても……、メイド、侍従、召し使い、料理人、馬番、園丁と、随分雇い人がいるのね。

そしてお屋敷で働く者全員が集まってくれてるんだわ。

「これで全員だ。何か質問はあるかな?」

「この広い敷地全てがタイレル男爵家の敷地なのですか?」

その質問は当然だろう。目の前に広がるのは、幾つかの植え込みで区切られているが、どこまでも続く庭園。向こう側には別邸も見えるし、更にその向こうには大きなお屋敷のものらしい屋根が見える。

「残念だが、男爵家の敷地はそこの木立ちまでだね。あちらに見えるのは他家のものだ。屋敷も、この小さなものだけだ」

「小さいなんて、とても大きいですわ」

「君の家より小さいだろう?」

「でも造りは伯爵家より凝ってますわ。玄関の彫刻も素晴らしいですし」

お世辞でも何でもない。確かに横に長い我が家より、四角い箱に屋根を載せたような建物は小さく見える。けれど玄関を縁取る彫刻も、窓の飾りも美しく、ここからはよく見えないが青い屋根のあちこちには彫像が置かれているようだ。

「小さくてガッカリしたと言われなくてよかった。庭は出入りの許可をもらっているから、庭園を歩くのは自由だよ」

「まあ、素敵」

「では中に入ろう」

彼の言葉を受けて、一同は解散した。

「すぐにお部屋へご案内いたしますか？　それとも、お茶をいただきますか？」

「荷物を彼女の部屋に運ぶ時間も必要だろう。お茶の支度を」

「かしこまりました」

ポーチの階段を上り中へ入ると、広い玄関ホールの正面には階段。左右に続く廊下の入り口も彫刻が施されている。

けれど絵画などの装飾品はなかった。

案内された、庭に面したティールームも、こぢんまりとして落ち着く感じだ。

私達が座ると、すぐにお茶が運ばれ、使用人達はいったん姿を消した。

部屋に残されたのは二人だけだ。

「気に入ってくれたかな？」

「ええ、とても」

「男爵家というから、あまり期待はしていなかった？」

「正直に申しますと、私アパート暮らしも覚悟しておりましたわ」

「アパート？」

彼は声をあげて笑った。

「そうだったとしても、私に嫁いでくれる気になってくれたんだ」

「はい」

「嬉しい返事だ。さて、私達はこれから婚約者となるわけだから、お互いに敬称を付けるのを止めにしたいな。ウィスタリア、と呼ぶ許可を？」

彼に名前を呼び捨てにされるのは初めてだったので、少し照れてしまう。

「……はい」

「では私のこともリシャールと呼んでくれ」

頭の中ではそう呼んでいたけれど、口に出すとなるとためらいがある。

「リシャール……様」

「リシャール」

彼は椅子の肘掛けに膝を置き、頬杖《ほおづえ》をついて少し意地悪そうに笑った。

こんな表情は初めてだわ。

「……リシャール」

「うん。いいね。さて、ウィスタリア。私と君との婚約は唐突だった。だから、君には話しておかなければならないことが幾つかある」

「はい」

「まず、この屋敷に住むのは使用人以外は私と君だけだ」

「ご両親はいらっしゃらないのですか？　もしかして反対されてらっしゃるとか？」

出迎えの中にご両親の姿がないのは、出迎えていただくのではなくこちらが挨拶に行くべきだからなのだと思っていた。

「違うよ、両親は別のところに住んでいるんだ」

「では引退なさったのね。だからリシャール様が爵位を継がれているのね」

「『リシャール』だろう？　まあそんなようなものだ。そして私は領地の管理だけでなく働いている」

やっぱり、商人だったのかしら？　だったら私も商売のことを覚えないと。

「私の仕事は近衛の騎士だ」

「騎士？　近衛の？」

彼が騎士、というのは印象にピッタリで驚くほどのことでもなかった。けれど、それが近衛の騎士となれば話が違う。

この国で一般に『軍部』と呼ばれているのは歩兵。その上に騎士、つまり馬に乗ってたたかう人達がいる。

軍部は第一師団から第十二師団まであるが、その上に近衛の連隊がある。

近衛の兵士は王室の式典などで王家を護《まも》る役目があり、王城へも出入りが自由だ。

近衛の騎士ということは、王室に近く、しかも騎馬に乗ることを許されている、軍部のエリート。その上は王室直属の親衛隊しかいない。

「すごいわ。大変なお役目を担ってらっしゃるのね」

「地位云々《うんぬん》ではなく仕事が大変と言うところが、ウィスタリアらしいな。まあそんなわけで、仕事で家を空けることも多い。その間、君には私の奥様として色々教育を受けてもらう」

「教育？　どんなことを学べばよろしいんでしょう」

「色々だな、ライアンに任せるので、彼から聞いてくれ」

名前が出た時、ノックがあってそのライアンが替えのポットを持って入ってきた。

私は目でその姿を追ってしまったけれど、彼はライアンがいないかのように続けた。

「それから、なるべく早くに君を婚約者としてパーティに連れてゆくので、ドレスを仕立てよう」

「ドレスなら何枚が持ってまいりましたけれど……」

「君はこの家の者になるのだから、全てこの家で用意する。リタがとても楽しみにしていたから、ウィスタリアの支度はすべてリタに任せよう」

「お金のことを言うのははしたないですが、大丈夫なのでしょうか？　女性のドレスは値が張りますし……」

「近衛の騎士の給料は安くないから大丈夫だよ。なあ、ライアン？」

同意を求められ、穏やかな顔立ちの執事は頷いた。

「私が執事をしている限り、当家が金銭的に不自由になることはございませんので、ご安心を。これからを考えますと、早めに何着か作っておかれることをお勧めします」

「でも、男爵家ならばパーティのお誘いは多くはないのでしょう？　でしたらもったいないのでは？」

ライアンはちょっとだけ目を見開いた。

「奥様は本当に何もご存じない？」

「ライアン」

主人に注意され、彼は軽く頭を下げた。

「失礼いたしました。ですが、近衛の騎士をパーティに誘いたい方は多くいらっしゃると思います」

「ああ、そうね。リシャール様は近衛の騎士なのだものね」

「リシャール」

また指摘されてしまった。

「……リシャール」

「そう。早く慣れてくれ。婚約者殿」

イタズラっぽい微笑み。

もしかしなくても、私の知っているリシャールは彼の一部分だけだったのだろう。そしてこれから新しい彼の姿を見る度に私はドキドキしてしまうに違いない。

今がそうであるように……。


タイレル男爵家での私の生活は、それまでとは一変した。

実家では、私は子供部屋だったものをそのまま使っていた。子供部屋なので、広さもあまりなく、窓はひとつで、転落防止の柵が付いている。

けれど、リシャールが私のために用意してくれた部屋は、広い庭を臨む大きな窓があり、寝室は別。

白い大きなドレッサーと白いテーブルに野ばらの柄の椅子とソファ。

寝室には大きなベッドとライティングビューロー。壁紙はスミレの花。

ゆったりとして可愛らしいその部屋が、私のものなのだ。

しかもこれは婚約者としての部屋でしかなく、結婚したらリシャールの部屋の隣に移ることになる。

「そちらはここよりも綺麗ですよ」

と侍女のリタが言っていた。

ここだけでもとても綺麗なのに。

そう。侍女が付いたのも大きな変化だ。

リタは、私の身の回りの品全てを揃えてくれていた。部屋履きやナイトドレス、ガウン、クシやブラシ、化粧品。何から何まで、だ。

「失礼ながら、お嬢様はご自分のお顔に傷がおありだと思ってらっしゃいます？」

「いいえ」

「では、何故前髪でお顔を隠してらっしゃるのでしょう。そんなにお美しいのにもったいないですわ」

「それは……、今のお義母様が、後妻なの。それで、先妻である私のお母様に似た私の顔を見るのはお辛いと言ったので……」

「ああ、嫌がらせでございますね」

リタは優しいけれどハキハキした女性だった。

「でもここにはお義母様はいらっしゃいませんわ。旦那さまのためにも、私のためにも、心置きなく装いましょう」

「リタのため？」

「私、女性を美しく飾るのが夢でしたの。今までは旦那様だけでしたから。どうかお嬢様、私の夢を叶えてくださいませ」

彼女は、私の心を動かすのも上手い。自分のため、では気が引けてしまう私のために、リタのためという理由をくれるのだ。

でも女性を飾るのが夢、というのはあながち嘘《うそ》ではないかもしれない。

彼女が仕上げてくれた私は、自分でも驚くほど綺麗だと思う。

「お嬢様の金髪は本当にやわらかくてお美しいですから、纏めないで流した方がよろしいでしょう。ウェーブを整えて、前髪を上げれば、王国一の美女ですわ」

「それは言い過ぎよ」

「では旦那様に伺ってみましょう」

髪を整えた私を見て、リシャールは美しいと言ってくれた。

「美人だとは思っていたが、ここまでとは思わなかったな。その宝石のような青い瞳を今まで隠していたなんてもったいない。いや、隠していたからこそ悪い虫がつかなかったのか」

「額を出すのは子供の頃以来ですの。みっともなくありません？」

「可愛くて理知的な額だ。キスしても？」

「……額にでしたら」

リシャールは、優しく私の額に唇を当てた。

装わせてもらうことも、装ったことを褒められるのも初めて。今まではパーティ用のドレスを着ていても、暗いと言われてばかりだったのに。

変わったことはまだまだある。

リシャールがお勤めに出ている間、私は男爵夫人として相応しい教育を、と言われて様々なことを学んだ。

実家ではさせてもらえなかった乗馬や、語学。実家でもやっていたピアノにダンスはより高度なものを教えられた。

本当に男爵夫人にこんなに沢山のことが必要なのかとライアンに尋ねたぐらいだ。

「ただの男爵夫人ではそうかもしれませんが、近衛の騎士の奥様にとっては必要かと。騎士の妻が馬に乗れないのは些《いささ》か問題ですし、警護などで旦那様がお城に上がることもありますが、その際隠密《おんみつ》に警護なさっていることもあります。隠密ですから一般の貴族を装うわけですので、ダンスが踊れない、楽器の一つもできないということで人目を惹《ひ》かれてはお仕事の邪魔になります。お勉強の方は、旦那様からお嬢様がお好きだろうからとのことでしたが、辛いようでしたら免除を申し出ますか？」

なるほど。

男爵夫人ではなく、近衛騎士の妻に必要なことなのね。

「いいえ、学ぶことは大好き。どうか続けてください」

「では教科を増やしても？」

「まあ、嬉しい。もっと一杯学べるの？」

「さようですね。お嬢様がよろしければ、領地経営学ですとか、歴史などは？」

「お願いします」

息抜きで、リタと一緒にお裁縫や料理も学んだので、リシャールがいない間は、私はとても忙しかった。

着飾るといえば、ドレスも新しいものを何着も仕立てた。

工房に行くのではなく、屋敷に仕立て屋を呼んで。

「こちらは当家が古くから贔屓《ひいき》にしている仕立て屋です。なので、お値段も勉強してくれるのですわ」

とリタは言ったけれど、彼女の選ぶ生地はどれも最高級品な気がする。

「お嬢様の瞳の色に合わせて青もよろしいですが、若い女性らしく、華やかなピンクもいいと思いますわ。それと、薄紫など高貴な感じですわね。こちらは刺繍を入れていただいて、こちらはタフタのリボンが合います。こちらはレースのがよろしいですわ。でもデザインはあっさりとして、派手にならないようにいたしましょう」

一度にこんなにドレスを作ったのも初めてなら、こんな美しいドレスを揃えるのも初めて。

「ドレスに負けない？」

「ドレスの方がお嬢様の美しさに負けますわ。ですから、アクセサリーも新調いたしましょう。ネックレスにイヤリングにブレスレットに髪飾り。指輪は旦那様がご用意なさるでしょうからお任せすることにして……」

「もういいわ……。心臓に悪いわ。そんな高価なものは買いません」

私は涙目でリタを止めた。

けれどリタは笑うだけだった。

「でもライアンさんからストップがかかりませんわ？　まだまだ予算内です」

なので同席していたライアンに目を向けると、彼は黙って頷いた。

「ほら、大丈夫だそうですわ」

「でも宝石は高価過ぎるわ。リシャールが働いたお金をそんなもので浪費したくないの。それぐらいなら、彼の礼服やブーツを新調しましょう」

必死に訴えて、やっとライアンが折れてくれた。

「では、当家に代々伝わるものをお出ししましょう。デザインが古いのでお使いにならないかと思いましたが、それならウィスタリア様の気も休まるのでは？」

私は喜んで彼の提案を受け入れた。

とにかく、そんなふうに私の生活はめまぐるしく変化していた。


「ただいま」

男爵家に来て一カ月。

「おかえりなさいリシャール」

彼を『リシャール』と呼ぶことも、ただいまのキスを頰に受けることにも慣れてきた。

いつものように帰宅した彼と夕食までの間のささやかな会話の時間を過ごすのも、もう日課だ。

「今日は何をしていたんだい？」

彼は軍服の上着を脱いでライアンに渡し、長椅子に腰を下ろすと私を隣に座らせた。

「午前中は乗馬を。ギャロップができるようになりました。午後はダンスで、先生から満点をいただきました」

「それはそれは、君と踊るのが楽しみだ」

「でもお疲れでしょう？」

「そうだね。今夜は我慢しよう。だが、そろそろ君のお披露目《ひろめ》もしなくては」

その言葉に緊張が走る。

この屋敷で、大切にされてぬくぬくとしていたけれど、それだけで終わりではない。

彼の婚約者として人前に出なければならないのだ。

「怖いかい？」

彼が私の肩を抱いた。

「ええ。まだまだ至らないところがありますもの。リシャールに恥をかかせたら、と思うと不安です」

「君は私の隣にいるだけでいい。ライアン、アレを持ってきてくれ」

部屋に控えていたライアンが黙ったまま部屋を出て行く。

「色々吟味したのだが、今週末のブレア侯爵のパーティに出席しようと思う。ブレア侯爵は政治の中枢にいた方だがもう引退しているし、今回は新種のバラの発表会だ。引退してバラ作りを始めててね。気取らないパーティだが来客は多い」

「私が緊張しないように、わざわざ選んでくださったのね」

「最初だからね」

優しい人。

何から何まで気遣ってくれる。

「リタがドレスをもっと作らせろと言ってたよ。季節ごとに揃えないと、と」

「もったいないから大丈夫です」

「だがこれからはパーティの数も増える。同じドレスは着ていきたくないだろう?」

「どうしてですの? 作っていただいたのはどれも素敵なドレスばかりですわ」

「だが同じドレスを着ていると、口さがない人間に色々言われるよ?」

「気にしませんわ。……でもリシャールの恥になります?」

「そんなことはな……」

「なりますね」

いつの間にか戻ってきたライアンがピシリと言った。

「当家の奥様になろうという方が同じドレスだなんて。いけません。せめてローテーションかアレンジをなさってください。もちろん一番は新しいドレスが好ましいですが」

言いながら、彼は何かをリシャールに渡した。

「ウィスタリアは堅実なんだ。贅沢《ぜいたく》な娘よりずっと好感がもてるだろう?」

「ですが家のメンツがあります」

「私は男爵だ。まだメンツなどを気にする身分じゃない」

「それは……、そうかもしれませんが」

不服そうにライアンは口を閉じた。

「彼女のことはリタに任せている。リタは心得のある女性だ。ウィスタリアも色々考えることはあるだろうが、彼女に任せておけば大丈夫だ」

「私……、浪費に溺れてあなたに嫌われたくありませんわ」

「君の考える浪費は、きっと私にとっては浪費じゃない。伯爵家では堅実過ぎる生活だったようだが、私は君を甘やかしたいんだ」

「十分甘やかされてますわ」

「まだまだ足りない。本当は一日中一緒にいて、もっと話をしたいのだが、それもできない。せめて贈り物を渡している、という充足感が欲しいんだ」

リタといい、リシャールといい。私に物を与え過ぎだわ。

「贈り物を受け取るのに、慣れていないの」

「では慣れてくれ。左の手を」

「はい？」

言われたので手を差し出すと、彼は先ほどライアンから受け取った小箱を取り出し、蓋を開けた。

中から現れたのは、青く光り輝く一粒石の宝石が嵌《は》まった指輪だった。

綺麗。

大きい石ではないけれど、輝きといいカッティングといい、とても美しい。

彼は、その指輪を私の左手の中指にはめた。

「これは……？」

「婚約指輪だ。パーティに出るなら一目で婚約した、とわかるものを身につけていた方がいいだろう？」

婚約指輪？

嬉しい。心から嬉しいけれど……。

「これは私には高価過ぎるわ」

嵌められた指輪の輝きは、私にはもったいなさ過ぎる。

「ウィスタリアの堅実さは美徳だと思う。だが自分を過小評価してはいけない。この指輪は私の愛情の証《あかし》だ。安っぽいものは贈りたくない。それどころか、もっと高価なものを贈ってもいいくらいだ。君はこれをつけるに相応しい女性だと胸を張って欲しい。それが、この婚約を君が嫌がっていないという証しになる」

「嫌がってなどいません！」

思わず大きな声になってしまって、私はすぐ頬を染めた。

彼も声の大きさに驚いたようだが、すぐに微笑んでくれた。

「それは嬉しい。では付けてくれるね？」

私よりも濃いブルーの瞳に見つめられては、頷くしかない。

「……はい」

手を翳《かざ》すと、照明の光を受けて指輪はキラキラと輝いた。

この指輪が、私がリシャールの婚約者だと示してくれる。

「……嬉しい」

宝石が高価かどうかというよりも、これが彼の気持ちの証しだと思うと、思わず言葉が零れた。

「ウィスタリア」

指輪を眺めている私の顎に、リシャールの手がかかる。

「それを喜んでくれるのなら、いいね？」

見つめ合ったのは一瞬だった。

彼の顔が近づいて、唇が触れる。

すぐに離れたけれど、私は目を見開いたまま固まっていた。

初めての、キス。

「……嫌だった？」

「いいえ……、初めて……でしたから……」

まだ惚《ほう》けたまま答えると、彼はコホンと咳払《せきばら》いをした。

「失礼した。初めてならば、もっとちゃんとするべきだった。あの男とキスしたことはなかったのだね？」

「クラックス様？　いいえ、一度も」

「では、今のはノーカウントだ。やり直したい」

彼は向き直って私を抱き締めた。

「これが、私と君の初めてのキスだ」

宣言してから、彼が顔を寄せる。

今度はキスされるとわかっていたから、目を閉じた。

また柔らかな唇が触れる。でも今度はさっきよりも強く押し付けられる。

彼の唇が動くのを感じた。開いて、私の唇を包む。

何かが、唇をこじ開け、口の中に入ってくる。

濡《ぬ》れた、熱い……、舌だわ。

胸が痛いほどドキドキした。

心臓の鼓動が、彼に伝わってしまうのではないかと思うほど。

舌は口の中を探るように動いてから、そっと出ていった。

唇が離れると同時に肩を揺らすほどの大きな息を吐いて、初めて自分が息を止めていたことに気づいた。

「初めてのキスはいかが？」

「くらくらします……」

「嫌でなければ、時々キスしてもいいかい？」

「それは……、婚約したのですもの……」

答えながら顔がどんどん熱くなってゆく。

私、キスしたのだわ。リシャールとキスを。

「真っ赤だね」

指が私の頬に触れる。

「こんなに可愛い女性が自分のものだというのはいい気分だ」

「からかわないでください」

「からかってなどいないさ。思ったことを言ってるだけだ。ウィスタリアは真面目で、純真で、美しい私の婚約者だ」

「リシャール」

からかわれていると思って睨《にら》みつけたけが、彼に軽く流されてしまった。咎めたつもりなのに、却《かえ》って得意げな顔をされる。

もしかして、彼には子供っぽいところがあるのかも。

「では、パーティの話をしよう。ブレア侯爵について、もう少し説明しておかないと」

「私、まだ社交界について詳しくはないの。パーティに出席しなかったので、皆様のお顔を覚えていないし、力関係もわからないわ」

「今はまだそれでいい」

「でも、失礼に当たるのじゃなくて？」

「今回のパーティでは、侯爵夫妻に挨拶する以外は私の友人達ぐらいだ。覚えるのはまだ彼等だけでいい」

「失礼になりません？」

「最初は私が紹介した人物だけ覚えれば十分だよ。パーティに出席する回数が増えてゆけば覚える人物も増えるのだから」

「わかりました」

そうね。一気には無理ね。

「今度こそ、君とダンスが踊れるな」

彼が私の手に手を重ねる。

大きくて温かい手。

「ええ。私もとても楽しみにしています」

初めて彼の婚約者として出席するパーティだもの、彼に恥をかかせないように頑張らないと。

「私もだ」

同じ気持ちでいる。それだけで、嬉しかった。

リタにドレスアップの好みを訊かれたので、あまり派手ではなく、淡い色のものが好きだと答えた。当然リシャールの礼服に合わせたものがいいとも。

たったそれだけの指示だったのに、リタの技術は素晴らしかった。

ええ、もう『技術』と言うのが相応しいほどに。

髪はふんわりとさせ、小さな青いクリスタルのついたピンを沢山刺した。まるで星を散らせたように。

でも結い上げるのではなく、後ろは長く下ろしたまま。

ドレスは青みがかった白で、胸元には濃いブルーのサテンのリボンが印象的だ。

大きく開いた胸元を飾るのは、青い石を使ったクラッシックなデザインのネックレス。

「お美しいですわ」

リタの褒め言葉を私は素直に受け取った。

「本当。私じゃないみたい」

「まあ、何をおっしゃるんです。これがウィスタリア様の本当の姿ですわ」

「でも、ずっと陰気だと言われていたのよ？」

「お持ちになったドレスを拝見しましたが、はっきり言ってどれも最悪です。あのようなドレスを着ていれば誰だって陰気に見えます。その美しいお顔を前髪で隠せと命じていたこととい い、悪く見えるようにされていただけです。これからは、私が付いておりますから、いつでもお美しいウィスタリア様でいられますよ」

大袈裟かもしれないけれど、この仕上がりを見てしまうと、本当に自分は美しくなれるかもしれないと思ってしまう。

「リタは魔法使いね」

「ええ、そうですとも。それも腕のいい、ね」

「本当だわ」

「さ、そろそろ旦那様にこの美しい姿を見せてさしあげないと」

今日は、ブレア侯爵のパーティの日。

ブレア侯爵は実力者であったけれど、今は引退してバラを育てるのが趣味。しかもかなり本格的で、大きなバラ園を管理している。

そこで作られた新種のバラの発表会、というのが今日のパーティの主題。夜会ではなく、午後からの開催となるのも、そのバラを自慢するためだ。

けれど、それは表向きの理由でしかないらしい。

ブレア侯爵自身はもう影響力がないとされているけれど、その人脈は未《いま》だ健在。侯爵の下に集まって、色々な人と顔繋《かおつな》ぎをさせてもらおうと、皆が集まるのだそうだ。

あまり堅苦しいものではないけれど、人が多く集まる場所ということで、私達の婚約を知らしめる場として最適だと選んだらしい。

「これは、これは。どこの女神が現れたのかと思った」

明るい青の礼服に身を包んだリシャールが、私を抱きよせて頰にキスする。

「とても綺麗だ」

「でしょう? リタが凄《すご》いんです」

「君自身が美しいんだよ」

「もっとおっしゃってくださいませ、旦那様」

背後からのリタの言葉に、「美貌を鼻にかけるよりずっといい」と笑った。

「自分が美しいことは認めているのだから、たいした進歩だ。それでは行こうか」

今日はリシャールも馬車に乗り込み、ブレア侯爵のお屋敷へ向かう。

私のことを美しいと言ってくれるけれど、リシャールの方がずっと素敵だわ。

騎士だと聞かされたからか、図書館で出会った頃と少し印象が変わった。あの頃から凛々しい方だと思っていたけれど、今は更に力強さを感じる。堂々としていて、威厳があって。

言葉遣いも、少し変わったかもしれない。

私が伯爵家の娘だと思っている時には、距離を置いて、爵位が上の家の者だという遠慮があったのかもしれないが、今は遠慮もなく頼もしさも感じる。

それなのに、私のことを気遣ってくれる優しさは変わらない。

この一カ月で、私はもうすっかり彼に恋をしていた。

だからこそ、今日はしっかりしなくちゃ。

馬車が到着したのは瀟洒《しょうしゃ》なお屋敷だった。

が、お屋敷よりも美しい庭園の方が目を引いた。

小さな花を付けたバラの植え込み、大輪の花が幾つも咲き誇るバラのアーチ。そんな美しい花々に囲まれた白亜のお屋敷。

ロノス侯爵のお宅に比べると小さいけれど、立派なお屋敷だ。

私達が到着すると、すぐに侍従が寄ってきた。

リシャールは、自分の名前の後に、私をこう紹介した。

「タイレル男爵婚約者、エルディア伯爵令嬢ウィスタリアだ」

ただそれだけなのに、他人に『婚約者』と紹介されたのは初めてだったから、首の後ろが緊張で熱くなった。

「侯爵様がご挨拶したいそうです。彼女が案内しますので、どうぞ」

背後に何人か控えていた侍女の一人が、頭を下げる。

侍女について行くと、庭に向かって全ての窓を開け放った広間の一角に、人々に囲まれた老夫妻が立っていた。

「侯爵」

リシャールが声をかけると、人の輪の中心にいた老人が顔を向ける。

この方がブレア侯爵ね。ということはお隣のおっとりしたご婦人が奥様だわ。

「おお、リシャール。今聞いたよ。婚約したって?」

侯爵は彼のことをリシャールと名で呼んだ。二人は親しいのね。

「ええ。ウィスタリア・エルディア伯爵令嬢です」

「伯爵家のお嬢さんか」

含みのあるような言い方は、男爵が伯爵令嬢と婚約、というのが珍しいからだろう。

「初めてお目にかかります。ウィスタリアと申します」

私が侯爵に挨拶すると、周囲にいた方々が待ち切れないというように口を開いた。

「ほう、これはお美しい」

「早く結婚すればいいとは思っていたが、こう唐突だとは思わなかったな」

「エルディア伯爵家か。まあ古い家柄だな。中枢からは遠いが」

「どうやって知り合ったんだね？」

最後の質問に、彼が答える。

「図書館ですよ。彼女は専門書なども読み解く才女でね」

……それは言い過ぎだわ。

「ほう」

感心されると、恥じ入って下を向いてしまう。

「それは訂正させてください。私にはまだまだ足りないことが沢山ありますので。彼は私をよく言ってくれるようですが、実力に見合わない称賛は間違いです」

私が言うと、リシャールは笑った。

「どうです、いい女性でしょう。ただ、本人の言う通り社交の方はまだまだで、これからゆっくりと学んでもらう予定です」

「男爵夫人ならばな」

「ええ。ウィスタリアは男爵でもいいと言って婚約してくれたんです」

「男爵としての君、ということかね？」

「婚約した後に、私が近衛の騎士と知って驚いたようです」

何故か、そこでも感心したような声が上がった。

そうだわ、彼は近衛の騎士なのだから、侯爵にも覚えられているのだわ。

「婚約者として紹介するのは今日が初めてなので、どうか、皆さん私達の婚約を広めてください」

「君を狙っていた女性達はガッカリだな」

「そんな女性はいませんよ。では、失礼。彼女と踊るのを楽しみに来たので」

「婚約者とダンスか。どうりで君が珍しく派手な席に顔を出したわけだ」

「ええ。そうです。では」

彼がその場を離れようとした時、侯爵が彼を呼び止めた。

「リシャール、一曲終わったら戻ってきなさい。もう少し話をしたい」

「わかりました。ではまた後で」

彼はそそくさと私をその場から連れ出した。

「お仕事なら、そちらを優先していいのよ？」

「いや、老人達の茶飲み話に付き合わされるだけだ。でなければ玩具《おもちゃ》だな」

「まあそんな」

「本当さ。彼等にとっては私などからかい甲斐のある子供に過ぎない」

老人達に弄《いじ》られるリシャールはちょっと見ものね。

「私をよく言い過ぎるのは止めてね？」

「君は自分を過小評価するのをやめないと。薬草の本や旅行記、土木や古代史を楽しそうに読む女性は、才女と呼ばれるのに相応しいんだ」

「あれは……、暇つぶしのようなものだったし……」

「普通暇つぶしに『税率変化の変遷』は読まないよ。なので、過大評価はしないと誓うが、私の知っている事実は話すだろうね」

事実だけならいいわ。皆さんは才女なんかじゃないと判断してくれるでしょう。

「では、お嬢様、踊っていただけますか？」

彼はわざと私から離れ、手を胸に当てて礼をしてから手を差し出した。

「喜んで」

その手を取って、フロアに出る。

もう既にダンスタイムは始まっていたので、目立つことはないだろう。そう思うと安心できた。ダンスの先生からは褒められたけれど、それはお世辞かもしれないし。

「ダンスは満点だったんだろう？」

またこの人は私の心を読むような言葉を。

「お世辞だったかもしれない、と心配しているところです」

「ふむ、あり得る。では、試してみよう」

言うなり、彼はステップのスピードを上げた。

彼は、とてもダンスが上手いのだわ。だって、ステップは速くなったけれど、足音がしないもの。

足運びが優雅で、つま先まで意識を集中していると音がしない。だから私にもそのようにするようにと先生に教えられた。

ターンやポーズなどのアレンジを多彩に取り入れるのも、上級者のテクニックだと言われたが、正に彼がそれだった。

「次のターンで飛べるかい？」

「多分」

彼が私の腕を引き、腰を支えてふわりと浮かび上がらせてターンする。

「うん。どうやらお世辞ではないようだね」

「あなたが上手いからだわ」

「幾ら私が上手くても、カカシを踊らせることはできないよ。受け手も上手くなければ」

「他のお嬢さん達に、劣らない？」

彼がおどけるように眉を上げた。

「君が他人と自分を比較するのは初めてだね」

はしたない問いかけだったかと頬が染まる。

「先程の方々が、あなたに夢中なお嬢さん達がいらしたと言っていたから……」

「意識した？　嬉しいね」

「その方達に、なんであんな娘がと思われたら、あなたが恥をかくと思って」

「安心しなさい。このダンスなら皆納得するさ」

彼は更にダンスの難易度を上げた。

スカートが、綺麗に広がる。

結わなかった髪が、軌跡のように流れる。

彼の手が私をしっかりとホールドしてくれるから。どんなに振り回されてもふらつくことはない。

楽しい。

今まで、ダンスを楽しいと思ったことはなかった。地味でいなさい、目立たずにいなさいと言われていたし、自分がパーティに相応しい装いをしているという自信がなかったから楽しむことなどできなかった。

でも、リタが私をどんな場所に出てもいいように仕上げてくれた。リシャールは私を婚約者と皆に知らしめるために踊ってくれている。

他人に見られてもいいのだ。何も気にしなくていいのだ。

ただ彼と踊ることを楽しんでいていいのだ。

「一曲では物足りない。もう一曲踊ろう」

私も同じ気持ちだった。

音楽に乗って、彼の目だけを見て、もう一曲踊る。

雲の上で踊っているような気分だった。

曲が終わって、足を止めるのがとても残念だった。

「もう一曲踊りたいところだが、侯爵に呼ばれてしまったからな。残念だが一旦これで終わりにしよう」

「いけない。そうでしたわね。それなのに二曲も」

「それだけ楽しんでくれたということで、私は嬉しいね。私が席を外している間、他の男と踊ってはいけないよ」

「私を誘う人なんていませんわ」

慰めの言葉にしても笑ってしまう。

でも彼は笑わなかった。

「今まではそうだったかもしれないが、もう違う。誘われたら、足が痛むので、と言いなさい」

命令のように言われて、頷いた。

「では、あちらの椅子に座っていますわ」

私は壁際の椅子を示した。

「女性のサロンへ行っていてもいいんだよ？」

「……私、お友達がいないので」

「すぐにできるさ。今度私の知り合いの夫人達を紹介しよう」

彼は私が示した椅子までエスコートして座らせてくれると、離れて行った。

壁の花は慣れている。こういう時は、踊る方々を眺めていればいい。

皆さんの美しい衣装や、ダンスを見ていれば時間などすぐに過ぎる。

ああ、そうだわ。リシャールが戻ったら、侯爵様のバラを見に行きましょうと誘ってみよう。

馬車を降りた時にちらりと見た庭園はとても美しかったもの。バラ園には、私の見たこともない花もあるかもしれない。

そんなことを考えながらぼんやりとしていると、見知らぬ男性が近づいてきてダンスを申し込んできた。

「美しいお嬢さん。よろしければ私と一曲踊っていただけませんか？」

まあ、本当に申し込まれたわ。

「申し訳ございません。少し足を痛めてしまって。また次の時にお願いできますか？」

「そうですか。とても残念です。ではまた次の時に」

断るのは初めてだったから、怒らせたりしたらどうしようとドキドキしていたけど、礼儀正しい人でよかったわ。誘ってくれたのも、礼儀だったのかも。

ふっと一息ついた時、私は視線を感じてそちらを見た。

途端にドキリとする。

クラックスが、少し離れた場所からじっと私を見ていたからだ。

どうしよう。

まだ彼は怒っているわよね。どうしてこんなところにいるんだ、と言われてしまうのかしら。

私は何とか微笑んで、彼に会釈した。

するとそれが気に入らなかったのか、クラックスがスタスタと近づいてくる。

「驚きました。こんなに美しい方に今まで気が付かなかったとは。思わず見蕩《みと》れていたのですよ」

……え？

「それとも、どこかでお会いしたことがありましたか？　こんな美人なら忘れるはずはないのに」

今まで一度も向けられたことのない、満面の笑み。

この人は、本当に私が誰だかわからないの？　それとも、からかっているの？

「クラックス様は、もう怒ってらっしゃらないのですか？」

「私の名前をご存じなのですか？」

「あの……、本当におわかりにならない？」

彼は空いていた隣の椅子に腰を下ろした。

「わからないな。どこでお会いしたのでしたっけ？」

これは……、本当に気づいていないのだわ。

「ウィスタリアです。ウィスタリア・エルディアです」

「え！」

彼は目を丸くして身を引き、すぐに顔を近づけてきた。

「本当に？　本当にあのウィスタリアか？」

「はい。ご無沙汰しております」

「こんなに美しかったとは……。どうして私の前でその美しさを隠していたんだ」

「隠していたわけでは……。男爵家の侍女がお化粧をしてくれたので……」

更に彼が顔を近づけようとした時、私達の間にサッと手が差し込まれた、

「それ以上私の婚約者に近づかないでいただこう」

低く、冷たい声。

手を差し入れたのは、リシャールだった。

「私の婚約者?」

ムッとした様子で、クラックスが立ち上がる。

「彼女は私の……」

「元婚約者候補、だったのだろう? それは知っている。だが今は私の婚約者だ。何せ君は彼女に友人達の前で婚約破棄を言い渡したのだからね。それに、婚約するという噂はあったようだが、彼女を周囲の人々に婚約者として紹介したこともなければ、指輪の一つも贈っていなかったのだろう?」

騎士の時のリシャールは、こんな感じなのかしら。怖いほどの威厳があって、その口調も挑戦的だ。

「私は既にブレア侯爵やお歴々にウィスタリアと婚約したことを知らせてあるし、指輪もこの通り贈っている」

リシャールは私の手を取って立たせるふうを装いながら、指に嵌めた婚約指輪をクラックスに見せつけた。

「他人のものになったら惜しくなった、などという情けないことは言わないでくれ。君は既にウィスタリアの妹を選んでいるのだから」

立たせた私の腰に、リシャールの腕が回る。

「では、失礼」

「待ちたまえ」

呼び止めたクラックスに、彼は嘲笑うように言った。

「ああそうだ。君に一つ事実を教えてあげよう。ロノス侯爵のパーティで、ウィスタリアが妹のドレスにワインをかけたと思っているようだが、それは間違いだ。あれはね、妹が自分でやったことだよ。ウィスタリアを貶《おとし》めようとしてね。私はこの目でそれを見ていた。君は彼女に真偽を確かめようともしなかったが」

「ガーベラが自分で……？」

「そんな女性と結婚する君の気持ちがわからないな。だが、お互い似合いの女性の手を取ったということだろう」

「待ちたまえ」

「待つ必要はない。もう君と話すことは何もない。私と話したければ、全ての真実を知ってからにしたまえ。そして彼女に謝罪することが先だ。さ、行こうウィスタリア」

私には何も喋《しゃべ》らせることなく、彼はその場を離れた。

「気分を害した。今日はこのまま戻ろう」

「だめよ」

私は反対した。

「何故？　まさかあの男と話がしたかったのか？」

「そうじゃないわ。侯爵様のバラを見ていないから見て行きたいと思って。今日はそのために招待されたのでしょう?」

ずっと険しい顔だった彼に、いつもの笑顔が戻る。

「それは人を集める理由に過ぎないと思うが。そうだな、せっかくだから見て行こう」

「私、あなたと庭を歩きたいと言うつもりだったの。とても素敵なお庭だったから」

「すまない。あの男が君に近づいてるのを見て、ついカッとしてしまった。真実を知ろうともせず他人を責める、ああいう身勝手な男は嫌いなんだ。でも君が楽しめるようにするのが優先だったな」

怖い、と思ったのはクラックスにたいして怒っていたからだったのね。

リシャールは騎士だから思い込みで行動する人が嫌いなのだわ、私も気を付けないと。

「友人も来ているようだから、紹介しよう。夫人を連れてる者もいるだろうから、友人になるといい」

バルコニーから庭へ出ると、庭園にも人は多くいた。

皆、美しく咲き誇るバラを見ながら、歓談を楽しんでいる。

クラックスは、追って来なかった。

彼はあちこちで集まっている人々の中の一つに近づいて声をかけた。

騎士の同僚だという方々に、私を婚約者として紹介してくれた。

「ウィスタリア・エルディア伯爵令嬢だ。遠からず苗字《みょうじ》は変わるがね」

彼等も、礼儀として私を褒めてくれた。

そこで初めて、私はリシャールが近衛の騎士の隊長であることも知った。

「ご存じなかったのですか？　隊長、興味もたれてませんね」

言った人は笑いながらだったので悪気はなかったのだろうけれど、その言葉は深く胸に刺さった。

今度はちゃんと努力をしようと思っていたのに、私は彼を知る努力を怠っていた。

騎士の妻としての勉強が忙しかったというのは言い訳だわ。

「私が教えなかったんだ。何も知らない方がいいからな。余計なことは言うなよ」

彼がとりなしてくれたけれど、大いに反省した。

「私、もっとあなたのことを知りたいわ。興味はあるのよ？」

とってつけたように聞こえたかしら？

「そのうち少しずつ知っていけばいい。先は長いのだから」

彼はそう言ってくれたけれど、素直に『そうね』とは言えなかった。

私ってダメだわ。

本は沢山読んで、知識はつけたつもりだったけれど、それ以外のことはまだまだなのだわ。人との拘《かか》わり方がまるでなっていない。

今まで一人で過ごすことが多かったから、社交術というものを学んでこなかった。目の前にいる人と話をする、それしかしてこなかった。けれどこれからはそれだけではダメなんだわ。

一番近くにいる人のことをもっと知る努力をするべきだし、出会う人々の言葉にもっと耳を傾けて、自分から知ろうとする努力をしないと。

「今度、リシャールの仕事の時のお話を聞かせて」

「つまらない話だよ?」

「でも私、もっとあなたのことを知りたいわ」

彼もきっとそれを望んでいたのだろう。嬉しそうな微笑みを浮かべたから。

「今は少し忙しいけれど、もう少ししたら時間が取れる。それまで待っていてくれ」

「はい」

「待てない時は、ライアンに聞けばいい」

「はい」

与えられるものばかりでなく、自分から行動をする。

今まで以上にそれを心掛けなければ。

リシャールには、クラックスの時のように、一方的に別れを告げられたくなかったから。

彼にだけは、嫌われたくなかったから……。

パーティはつつがなく終わり、会場で再びクラックスと会うこともなく帰ってきた。

着替えのために部屋へ戻ると、思った以上に心も身体も疲れていて、その日はぐっすりと眠った。

翌朝、リシャールを仕事に送り出すと、私は早速ライアンに声をかけた。

「リシャールのことについて知りたいの。彼があなたから聞くように、というので教えてもらえないかしら」

ライアンは表情を変えず頷いた。

「かしこまりました。それでは、朝の雑事が終わりましたらティールームでお話しいたしましょう」

ということで、私はまず近衛の騎士の隊長という彼の立場について尋ねた。

「近衛の騎士、というものがどんなものか大体は知っているけれど、隊長というのはまた特別なのでしょう？　危険なのかしら？」

「現在我がリタリア国は戦争状態にある国はございませんので、危険ということはないと思われますが、緊張状態にある国はございますので、全く安全というわけでもないでしょう」

「鉱山権を争っているグリムスと国境を争っているロルバーね？」

「然様でございます、一度緊張状態になれば、それぞれの国境地帯へ向かわれますが、戦闘が行われることは稀《まれ》です。と申しますか、今のところ皆無です」

「でも可能性はあることを忘れてはならないのね」

「そうお考えいただくのはよい心掛けです」

それからライアンは、リシャールが未婚であるから、今はまだ免除されていることがあるとも教えてくれた。

一つは王城でのパーティの出席で、これは婚約が整ったので遠からず出席することになるだろう。

当家主催のパーティを行うのは、結婚してからでもかまわない。けれどパーティとまでいかなくとも、隊員達を呼んでの集まりをすることは考えておいた方がいいだろう。

騎士としての職場に、私が足を運ぶ必要はない。

ただできれば騎士団の人間の名前は全員覚えるべきなので、後で特徴を記したリストを渡してくれるとも。

他にも細々としたことを教えてもらってから昼食を一人で摂《と》り、午後からまたライアンの話を聞くつもりだった。

けれど仕事があるので、一先《ひとま》ずティールームでお茶をいただいて彼の手が空くのを待つことにした。

今日はパーティの翌日だからお勉強は休みにしてもらっている。

ライアンの話を聞いたら、夕方リシャールが戻るまで本を読もう。

学ぶべきことは沢山あるのだから。時間は無駄にできないわ。

そんなことを考えていると、誰かが廊下を走る足音が聞こえた。

走る？

ここには私とリシャール以外は使用人しかいない。使用人が屋敷の廊下を走る？　主人ではないけれど、主人に等しい私が在宅しているのに？

何か大変なことでも起きたのかしら？

午前中、騎士の仕事の話をしていたのでもしかしてリシャールに何かあったのでは、と悪い考えが頭を過った。

「すぐに早馬でお知らせしろ」

という言葉が聞こえただけで、胸がきゅうっと締め付けられる。

私はすぐにティールームを出ると、足音が向かった玄関ホールへと急いだ。

「……だろうと勝手だろう」

聞き覚えのない男の人の声がする。

「然様でございますが、現在の当主はリシャール様ですので、せめてご一報いただければお迎えの用意などさせていただけた、と」

答えているのはライアンね。

「別に出迎えなどいらん。それより件の娘はどこにいるんだ？」

「そうよ。詳しい話を聞きたいわ」

女性もいるのだわ。

リシャールが不在の間は私がしっかりしなくては。まだ女主人ではないけれど、ライアンは使用人だから来客と対等に話はできないもの。

「ライアン。お客様なの？」

少し緊張しながらも、ホールに足を踏み入れる。

そこには、身なりのいいご夫婦らしいお二人がいた。

男性は髪に少し白いものが交じり始めているが、威風堂々とした紳士、女性は恐らく奥様なのだろうが若く美しい。

「ウィスタリア様」

男性の方にはどこか見覚えがあるような気がした。

ライアンの声に、そのお二人が私を見た。

「そのお嬢さんがそうなのか？」

「まあ、確かに美しいお嬢さんではあるわね」

視線は、あまり好意的とは言えなさそうだ。

「ウィスタリア様、こちらはリシャール様のご両親様でございます」

「まあ、引退なさった？」

驚きの声を上げてしまったのは、二人がまだまだ現役のように見えたからだ。とても田舎でのんびり、という様子には見えない。

「引退？　誰がそんなことを？」

リシャールのお父様はムッとした様子で聞き返してきた。

「失礼いたしました。どなたからも引退したとは伺っておりませんでした。私がリシャール様に爵位を譲られたので、引退なさったのだとばかり」

「リシャールが爵位を？」

「大旦那様、その点は私が説明申し上げますので、こちらへ」

「いいや。はっきりさせておいた方がいいだろう。私はまだリシャールに爵位を譲ってはいない、とな」

諫《いさ》めるライアンの言葉を押さえて、お父様は意外な事実を口にした。

「え？」

リシャールはまだ爵位を持っていなかったの？

彼は嘘をついていたの？

「計算違いだった、という顔だな」

「大旦那様！」

「エルディア伯爵家の姉娘だったな。調べたらデルマン侯爵家から婚約破棄を言い渡されたそうではないか。確かにリシャールに早く結婚はしてもらいたいとは思っていたが、そのような娘は歓迎し難いな」

ああ……。

リシャールがわかってくれていたから、考えないようにしていた。けれど、私には『婚約を破棄された娘』というレッテルが貼られているのだ。

そして親御さんにしてみれば、そんな娘との婚約など、祝福はできないのだわ。

「残念だが、君はフルメリア家には相応しくない」

「……フルメリア？」

「大旦那様、お願いでございますから、どうかお話はそこまでに。私が叱られてしまいます。いえ、大旦那様が旦那様の不興を買うことになられます」

「息子の不興など関係ない」

「あの……。もしかしてどなたかと間違ってらっしゃるのでしょうか……？」

「間違い？」

またジロッと睨まれる。

「ライアン、この方達はリシャールのご両親なの？」

ご本人に確かめるのが怖くてライアンに尋ねたのだけれど、それが却ってお父様の気に障ってしまったらしい。

「私達を偽物と言うのか？」

「いえ、そんな……。ただ、今『フルメリア家』とおっしゃったので。リシャール様はタイレル家の方だと思ったものですから。でもそうですわね。ライアンが間違えるはずがありませんわね」

頭が混乱する。どうしたらいいの？

「タイレル？　フルメリア家の跡継ぎを侮辱するのか」

「申し訳ございません……」

怒気に押されて、頭を下げるしかできなくなってしまう。

嫌われている。怒らせている。何を言ったらいいのかわからない。リシャールが私を欺いていた。困惑して、手が震える。

「ちょっと待ってあなた」

その時、お母様が割って入った。

「ねえ、ウィスタリアさん。あなた、リシャールとどこで会ったのかしら？」

まだ好意的ではないけれど、落ち着いた声でリシャールのお母様が尋ねた。

「はい……、図書館で」

「あの子はその時にリシャール・タイレルと名乗ったのね？」

「はい。タイレル男爵だと。爵位を名乗る、ということは家を継いだのだと思ったものですから、ご両親が引退したのだと……」

「他には何か言っていなかった？　フルメリアという名前は聞いていなかったの？」

「初めて耳にいたしました」

「そんなことはないだろう。フルメリア公爵家の息子と知って近づいたに違いない」

「公爵？」

驚いて、思わず顔を上げる。

「公爵って……。どなたが……」

「私に決まっている」

と胸を張ったのはお父様だった。

「え？　え？」

意味がわからない。

どうして公爵様がリシャールを息子と言うの？

「ライアン。あなたは説明ができそうね」

お母様はにっこりと笑ってライアンを見た。

微笑まれたライアンは顔面蒼白《そうはく》になり、汗を浮かべている。

「ライアン？」

お父様の視線も、私からライアンに移った。

「説明することがあるのか？」

「いえ……、その……」

「はっきり言いなさい」

「では、別室で」

「そうね。玄関先でする話ではなさそうね。リビングへ行きましょう。どうやらじっくり説明してもらわなくてはならないようだから。ああ、もちろんウィスタリアさんも同席して、よ」

「それは……」

「いいわね？」

お母様は微笑んでいたが、その視線は強かった。

「……かしこまりました」

諦めたように、彼が頭を下げる。

「いらっしゃい、ウィスタリアさん」

先程までの剣幕《けんまく》とは違い、穏やかな声で私の名を呼ぶとお母様は私の手を取った。

「まあ、震えているのね」

「申し訳ございません……」

「いいのよ、緊張しなくても。話をすれば、お互いきっと理解できると思うわ」

「はい……」

私達はリビングへ移動し、お父様の向かいにお母様が座り、私はその隣に座らされた。

「さあ、話しなさい」

「いいえ、今からお茶の支度を」

「そんなものはいらん」

「ですが、お嬢様には必要かと」

言われてお父様は私を見た。

「うむ……。まあいいだろう」

ライアンは時間を稼ぐかのようにお茶の支度をさせた。けれどそれでよかったのかもしれない。

待つ間にお父様の気持ちも落ち着いたように見えるから。

でも私は全く落ち着かないままだった。

何を考えればいいの？　何を訊けばいいの？　何を訊かれるの？

頭の中に、ぐるぐると色んな言葉が回る。男爵、公爵、婚約破棄された娘、爵位は譲っていない。タイレル家、フルメリア家……。

メイドではなくリタがお茶を運んでくると、お母様は彼女にもその場に残るように命じた。どうやらリタのこともご存じらしい。

お茶の支度がすっかり調うと、ライアンとリタが緊張した様子で並んで立った。彼等は使用人なので着席は許されないのだ。

「では説明して頂戴、ライアン。彼女はどうしてフルメリアの名を知らないのかしら？」

「……お嬢様にはフルメリア家のことをお伝えしておりませんので」

絞り出すようにライアンが答える。

「では、彼女はリシャールが次代のフルメリア公爵だと知らないのね？」

「えっ？」

今、何て……？

「ああ、答えなくていいわ、ライアン。今の彼女の反応でわかったから」

「あの……。それはどういう……。リシャール様はタイレル男爵ではないのですか？　名前を偽っていたのですか？」

「偽っていたわけではないわ。あの子は確かにタイレル男爵よ、今はね」

「でも先程公爵様がフルメリア公爵だと。奥様も次代のフルメリア公爵だと。もしかして、公爵様のご令嬢との結婚が決まっていたのですか？　それで……」

混乱が極まって涙が浮かぶ。

だって、今私が言った通りなら私はリシャールと結婚はできないもの。公爵家から望まれてしまったら、伯爵家の娘など太刀打ちできない。

男爵であるリシャール自身も、拒むことはできないだろう。

「ああ、泣かなくていいのよ。リシャールは私の息子。あなた以外に婚約の話は聞いていないわ」

「それでは……」

「そうね。それではどうしてこんなことになっているのか、聞きたいわね。説明、できるのでしょう？　ライアン」

ライアンの汗はダラダラと流れていた。

隣にいるリタも、顔を強《こわ》ばらせている。つまり、ライアンだけでなく彼女も事情を知っている、ということだ。

「さあ、説明して頂戴」

「それは私がしますよ、母上」

その時、息を切らせてリシャールが入ってきた。

「旦那様」

「知らせてくれてありがとう。お前達は下がっていい」

リシャールの言葉に、二人はほっとした様子で頭を下げ、そそくさと退室した。

私の隣にはお母様がいるので、彼はお父様の隣に座った。

「いらっしゃるなら一言あるべきでしょう」

「それはこちらのセリフだ。婚約破棄されたような娘と婚約するなどと、私は聞いていないぞ」

「彼女に対する暴言は止めてください。ウィスタリア、父の言うことは……、泣いているのか？」

彼は涙ぐんでいた私を見ると、お父様に向かって声を荒らげた。

「彼女に何を言ったんです！　父上がか弱い女性を泣かせるような卑劣漢とは思いませんでした」

「リシャール、お父様に謝りなさい。彼女を泣かせたのはお父様ではなく、あなたよ」

叱責するようなお母様の強い口調に、彼がこちらを向く。

「私……？」

「私達もウィスタリアさんに失礼な言葉を向けてしまったかもしれない、というのは認めるわ。けれどね、それはあなたが私達にも、彼女にも、真実を告げていなかったからよ。

どうしてあなたはタイレル男爵だと名乗ったの？　何故フルメリア公爵家の跡取りだと伝えなかったの？」

公爵家の名前が出ると、彼はしまったという顔をした。

それから、長いため息をついて身体を背もたれに投げかけた。

「彼女とは、図書館で偶然知り合ったのです。ですからその時にはわざわざ公爵家の跡取りだ、などと名乗る必要はないと思ってタイレル男爵を名乗りました。実際、今の私の身分はそれですからね」

「でも親しくお付き合いしたのなら、その後にでも言う機会はあったのじゃなくて？」

「お付き合いというほどのことはしていません」

「付き合っていないのに、婚約したの？」

「当時、彼女には婚約者がいましたからね。図書館で会って、言葉を交わすくらいしかできませんよ」

「それは紳士として当然ね」

お母様は納得したように頷いた。

けれど彼の隣にいるお父様は反対に疑問を抱いたようだ。

「それだけの付き合いしかしていなかった女性と、どうして婚約することになったのだ。まさか彼女が婚約を破棄された理由がお前だった、というのではないだろうな？」

「違います」

「では何故、……エルディア伯爵令嬢は婚約を破棄されたのだ。またその女性とお前が婚約をすることになったのだ。きちんと説明しなさい」

お父様からの問いに、彼は私を見た。

「ウィスタリア、君の家族について、話してもいいね？」

優しく向けられた視線には、私の家の『悪いこと』を口にするが構わないかという問いかけが含まれている気がした。

「私……、私も真実が知りたいですわ。あなたが何者なのか。それを知るためならどのようなことを言われても平気です。あなたは……、私に嘘をついていたわけではないのですよね？」

「嘘などついていない」

「ではどうしてあなたはタイレル男爵と名乗って、ご両親はフルメリア公爵を名乗られるの？　私のことをご両親に伝えていなかったの？　伝えられない娘だと……」

声が震えてしまうと、隣にいたお母様が私の手を握ってくれた。

「あなたは私達三人に納得のいく説明をする必要があるのはわかるわね、リシャール」

お母様の言葉に、彼は大きく息を吐くと話し始めた。

「では最初から説明しましょう。ウィスタリアと私が会ったのは、図書館でした。その出会いは偶然です。彼女がエルディア伯爵令嬢であることは、その時彼女から聞きました。私が名乗るべき名前はタイレル男爵しかないので、私もそう名乗りました。私はフルメリア公爵の息子ではありますが、まだ爵位は継いでいないので。タイレル男爵というのは、母方の家が持つ空きの爵位で、私が公爵位を継ぐまではその名前だけが私の名乗れる爵位ですから」

空きの爵位……。

聞いたことがあるわ。大きなお家になると、傍系で跡継ぎのいなくなった家の爵位を本家が預かり、本家の爵位を継ぐことができない次男や三男に分け与えることがあると。また本家の爵位を継承するまでの間、跡継ぎの方がその名を使うこともあるとも。

「だから、私が現在タイレル男爵であることは嘘偽りのない真実だ。間違いないですよね、父上？」

「確かに。そうではある」

お父様も同意を示した。

「だから、私は君に嘘などついていない。それは信じてくれるね？」

「……ええ」

私が頷くと、彼は安堵《あんど》したように微笑んだ。

「ではどうして、彼女にフルメリア公爵家のことを話さなかったの？」

お母様の言葉に、彼の視線がそちらに移る。

「それは、彼女というよりエルディア伯爵家に名乗りたくなかったからです」

「どうして？　男爵と名乗るより、公爵家の跡継ぎだと名乗った方がそちらのお宅も喜ぶでしょう」

「いいえ、きっと反対されたでしょうね」

「何故だ？　我が家に何の不満があるというのだ？」

今度はお父様が問いかける。

「ウィスタリアは、エルディア伯爵の先妻の娘なのです。そして今の奥方は自分の娘を可愛がり、彼女に冷たい仕打ちを続けていました。もちろん、ウィスタリアはそのようなことは言いませんでしたが、私にはわかりました。エルディア伯爵家は決して金銭的に困っていることなどないのに、図書館で会う彼女はいつも質素なドレスで、付き人もいなかった。髪で顔を隠し、一日中図書館に置かれていた」

「一日中？　お勉強やお茶会に出席することもなく？」

「そうですよ、母上。普通の貴族の令嬢であれば、勉強は元より、買い物だ観劇だお茶会だと忙しくするものです。けれど彼女はいつも一人で専門書を楽しそうに読んでいました。誰に対する不満も言わず」

彼は……、気づいていたのね。

「先妻の娘に辛く当たる後妻、ね。よくあることだわ」

「そうです。それでも、彼女は清潔な服装でしたし、身体に怪我があるわけでもない。まして ただ図書館で会うだけの私には何も言えませんでした。彼女にはデルマン侯爵の子息という婚約者がいましたし、彼と結婚すればその環境から抜け出せるのだろうとも思っていましたから」

「だが、デルマン侯爵の息子は彼女との婚約を破棄した。聞けば、彼女はその妹に酷い仕打ちをしたそうじゃないか。それを怒っての婚約破棄と聞いている。苛められて反撃でもしたのか？」

「違います」

キッパリとした口調で、彼は否定した。

「私はその場で見ていました。あれは妹の自作自演です。自らドレスにワインを零し、それを彼女がしたこととデルマン侯爵の息子に訴えたのです。その時の言動からすると、今までも姉に苛められていると嘘を吹き込んでいたんでしょうね。妹には彼女に対する敵意と、姉が侯爵の婚約者ということに妬《ねた》みがあった。聞くに堪えない言葉を彼女に投げかけていましたよ」

「まあ酷い。あなた、その場にいたならどうしてそのことを注意しなかったの？」

「それは……。私は物陰《ものかげ》にいたので、口を挟んでいいものかどうか悩んだのです」

「これ幸い？」

「母上」

「そうねえ。出て行きづらいタイミングというものはあるものね」

　何故か、お母様はふふっと笑った。

「それであなたは、ウィスタリアさんの可哀想な状況を見て、彼女がもう他の男性に婚約を申し込まれることはないだろうと自ら名乗り出たのね？」

　可哀想……。

「……理不尽だと思いましたしね」

　リシャール様は急に歯切れの悪い言い方になった。

「彼女に瑕疵《かし》があるわけでもないのに、偽りの理由で婚約を破棄されるなんて、彼女の名誉にかかわるでしょう」

「騎士として看過できない、というわけね」

「そういうわけでは……。彼女が素晴らしい女性であることは、図書館で出会った時からわかっていましたし……」

「傷心の彼女を放っておけなかった」

「ええ……、まあ……」

「弱っている彼女につけこんだのではなく」

「しかし、だとしたらどうしてエルディア伯爵家に自分は次期フルメリア公爵だと名乗らなかったんだ？　お前が名乗っていないから、未だにあちらの家からうちに挨拶がないのだろう」

お父様の言葉に、彼の表情が一変した。

「そういう家だから、ですよ。エルディア伯爵夫人は、私が男爵だと名乗ると嬉々として婚約を勧めました。父親の方は爵位が低いと迷っている様子でしたがね。もし私が公爵の息子と知ったら、そんないい家にこの娘を嫁がせるものかと大反対したでしょう。そして自分の娘の方はどうか、と妹を押し付けたに違いありません。事実、デルマン侯爵の婚約者の地位は妹に与えたようですから」

蔑むような、怒っているような顔。

彼には、お義母様の行動が許せなかったのだわ。

「ウィスタリアさん」

突然、お母様が私に話しかけた。

「あなた、リシャールが男爵だと思って婚約なさったのね？」

「あ、はい。彼がそうおっしゃったので……」

「爵位ではなく、この子を気に入ってくれたから、と思っていいのかしら？」

「爵位だなんて。私はそういうことには本当に疎くて……。彼が近衛の騎士であることも、こちらへ来てから知ったぐらいです。でも、リシャール様はいつも紳士で、私に優しくしてくださいました。ご立派な方です」

「騎士であることも教えなかったのか？　それでは……」

「余計なことは言わないでください。彼女には、何も知らせたくなかったんです」

言葉を遮って、リシャールがお父様を睨む。

「自分自身を見て欲しかったのね」

「……母上」

でもお母様の言葉には困ったように顔を歪めた。

フルメリア家ではお母様が権力者なのかも。

「いいわ。私はウィスタリアさんのことが気に入りました。男爵でもいいからリシャールを選んでくださったんですもの。私達は別室で女性同士の話をします。リシャールはお父様と男の話をなさい」

お母様はそう言うと、ベルを鳴らしてライアンを呼んだ。

「お呼びでしょうか」

「私とウィスタリアさんは別室に移ります。そうね、ティールームがいいわ」

「かしこまりました。ご夕食はいかがいたしましょうか？」

「それはいいわ。さ、ウィスタリアさん、夕食まで色々とお話ししましょうね」

お母様はにっこりと笑って私の手を握り直した。

まるで私を勇気づけるかのように優しく。


ティールームに移ると、お母様はリタを同席させた。

それから私に色々と質問した。亡くなったお母様のこと、新しくいらしたお義母様のこと、妹のガーベラのこと。

最初は素直に説明していたけれど、質問がお義母様達の私に対する態度に移ると、何と答えるべきか悩んでしまった。

悪口は言いたくはない。

どんな人達であっても、私の家族だもの。

私が言い澱《よど》むと、代わってリタが答えた。

「お嬢様がお持ちになったドレスは質素なものが多く、サイズの合わないものもございました。サイズが合わないものは、派手で、あまりご趣味のよくないものでした。おそらく妹君のお下がりでしょう」

「お嬢様がこちらへいらした時、お美しいお顔の半分が隠れるほど前髪を垂らしておいででした。伯爵夫人からの命令のようです」

「宝飾類は高価といえるものは一点だけで、他はイミテーションのものが殆《ほとん》どでした。お持ちになったお荷物は、衣装箱二つだけです」

リタが説明する度、恥ずかしくなってしまう。

私は決してそれに不満があるわけではない。

元々出掛けることも少なかったのだし、質素なドレスでも気にしなかった。

けれどそれだけのことしかしてもらえなかった娘、と思われるのが辛い。

「こちらへ来てからは、旦那様が新しいドレスをご用意いたしましたが、お嬢様は多くを作らなくてもよいとおっしゃって、宝飾の類いは新しいものを望まず、男爵家にあるものを使うとのことでした」

「あら、リシャールが買ってくれるというなら、好きなだけ買えばいいのに」

「でも、出掛ける先もありませんし、私にはもったいなくて……」

「男爵夫人ならばよい心掛けですけれど、未来の公爵夫人となればみすぼらしい格好は困るわ。リタ、あなたがプロデュースしてあげなさい」

「はい、奥様。喜んで」

「あの……、奥様。私からも伺ってよろしいでしょうか？」

「なあに？」

「フルメリア公爵家というのはどのような……」

「本当に知らないの？」

「申し訳ございません。社交界には本当に疎くて……。今、リシャール様に教えていただいてる最中なのです」

「そう。あの子が話さないことを私が話すのはどうかと思うけれど、何も知らないままではあなたが恥をかくことになるでしょうから、簡単なことだけ教えましょう」

簡単、とお母様は言ったけれど、話した内容はそうは言えないものだった。

フルメリア公爵家は王家の縁戚にあたる家柄で、公爵家の中でも古参。

現フルメリア公爵は三人の宰相の中のお一人。

公爵領は王都近くと北の国境沿いの二か所。これは昔公爵家に嫁いだ侯爵家の娘が最後の一人だったので、爵位と領地が公爵のものになったからだ。

因に、フルメリア公爵家預かりの爵位は、リシャールが名乗っていたタイレル男爵家の他に、侯爵と子爵があるらしい。

「リシャールがその中でも一番低い男爵を名乗っているのは、爵位に左右される人間関係が嫌だからよ。でもまさか自分が婚約を申し込んだ女性にまで、その手法を使うとは思わなかったわ」

何だか、もうこの辺から私の許容範囲を超えそうになってくる。

この広大な敷地はフルメリア公爵家のもので、確かにタイレル男爵の屋敷は今私達がいるここだけ。

言い換えれば、この屋敷はリシャール一人のための屋敷ということになる。

お母様達は、木立の向こうにチラリと見えた大きな屋根のお屋敷に住んでいるらしい。

その大きさは聞かないでおいた。

今は、リシャールもフルメリア公爵の子息という肩書きを名乗ることがないので、男爵の婚約者、近衛の騎士の婚約者という振る舞いで構わないが、ゆくゆくは公爵夫人になるのだから今からそれに相応しい態度と装いをする必要がある。

でなければ、公爵夫人となった時、悪い意味で『あの時のあの方が』と言われることになるだろうから。

華美であれ、というのではなく、品位を保った装いをしなさい。

友人を作りなさい。

パーティにも積極的に出席しなさい。

等々、アドバイスも受けた。

「お勉強するのはよいことだわ。いずれ領地の管理もしなければならないのだから、経営学なども学んでおいた方がいいわね」

「あ、はい。それは少し」

「あら、そうなの？　ご実家で？」

「いえ、色々調べるのが好きなので……」

「色々？　他にどんなことを学んだの？」

期待の目を向けられて、恐縮する。

教師についていたわけではないので。

「学ぶというか、本を読んだだけです」

「ああ、リシャールと会ったのも図書館ということだったわね。それで？」

「きちんと学んだわけではありませんが、土木とか、薬学とか、植物学とか、旅行記等も読みました。でも社交に必要なことは全然です。ですから乗馬や語学などは今リシャール様が家庭教師をつけてくださっています」

そうなのだわ。

彼が私に様々なことを学ばせたのは、将来のことを考えてだったのね。

「あなたが、苦労をしてきたのはよくわかったわ。でもあなたはその逆境に負けなかったのね。人を恨んで何もせずに泣き暮らすのではなく、自らの道をみつけようとした。そこで一つ聞きたいのだけれど、あなたがリシャールのプロポーズを受けたのは、酷い仕打ちをしてきた実家から出られると思ったから？　それとも、あの子が好きだから？」

「私は……、どなたとも結婚せず、働きに出ることも考えていました。親が決めた結婚には逆らえないので、嫁げと言われれば誰かに嫁がねばならないとも。でも、リシャール様からの申し込みがあった時、心から嬉しいと思いました」

「あの子が好き?」

直接的な質問に顔が赤くなる。

「素敵な方です。私などでよろしければと……」

「あなたは奥ゆかしいのねぇ。好きなら好きと言えばいいのに」

お母様は笑ったけれど、私の心の中には小さな疑念があって、素直にはなれなかった。

「私が公爵夫人に相応しくないと思われれば、それまでのお話ですわ。私の気持ちではなく、リシャール様のお気持ちで決まるものかと」

「追い出されてもいい、と?」

「それが彼の答えなら……」

「あなたは自分に自信がないのね。今までの環境を考えたら仕方のないことなのかしら。でもまあ、リシャールを利用しようとしていたわけではないのは伝わりました。正直に言うとね、最初話を聞いた時、婚約を破棄された娘がリシャールの爵位を狙って乗り込んだ、と思っていたのよ」

「それは違いますわ、お母様、奥様」

リタの言葉に、お母様は頷いた。

「ええ、そのようね。失礼な考えだったわ。私は、あなたを歓迎します。これからは、私のことを母と呼ぶことを許しましょう」

「え……」

「リシャールの母親ではなく、あなたの義母として、私をお義母様《かあ》と呼んで頂戴」

「……よろしいのですか？　私など……」

認めてくださるの？

私がリシャールの婚約者であることを。

「暫くは公式の席で呼ぶことは控えていただくけれど、それはこちらに理由があるの。でもこうして私的に会う時には、お義母様と呼んでかまわないわ」

「お……義母様？」

こわごわ言ってみると、お義母様は目を細めた。

にこやかだけれど、どこか教師のような目で。

「あなたの母となったからには、色々と口を出させてもらうわよ。リタ、衣装室へ案内して頂戴。この子のドレスをチェックしなくちゃ」

「畏《かしこ》まりました、奥様」

そして何故か、リタの顔もお義母様と同じように何かを企《たくら》むような笑顔だった……。

リシャールとお父様が何を話したのかわからなかったが、あちらもどうやら話がついたらしい。

随分と時間が過ぎてから呼び出され、再びリビングで四人集まると、お義母様が私に『お義母様』と呼ぶことを許したことを告げた。

リシャールは安堵したような顔をしたが、お父様は小さく頷いただけだった。

なので、お父様はあくまでリシャールのお父様であって、私のお義父様ではなく、『公爵様』とお呼びしなくてはならない。

リシャールは不満そうだったが、結婚するまではけじめだ、と言われていた。

ただ、結婚に反対する、ということはもう言わなかった。お義母様の決定に反対することも。

リシャールは仕事に戻り、公爵様も仕事があると帰られた。

お義母様だけが残り、引き続きリタと二人で私をコーディネートすることに勤《いそ》しんだ。

新しいドレスはやはり作ることになり、仕立て屋を呼ぶ日取りを二人で決めていた。

二人の会話から、先日呼ばれた仕立て屋は公爵家のご贔屓で、リタが選んだものは高級品であったことがわかった。

今後、着る時には細心の注意を払わなくては……。

そのお義母様も夕食前には帰られ、やっと肩の力が抜ける。

「お疲れですか？」

お義母様を見送った私に、ライアンが声をかける。

「少し。驚いてばかりだったから……」

「申し訳ございません」

ライアンは深く頭を下げた。

「まあ、どうしてあなたが謝るの？」

「色々と内密にしていたことが多かったので」

「リシャールの命令でしょう？　あなたが逆らえるはずがないわ」

私が笑ってみせても、彼はすまなさそうな顔を崩さなかった。驚いた時に、泣いてしまったから、きっとそれを気にしているのね。

「気にしないで、今はただ疲れているだけだから」

「ではお部屋の方へ？」

「ええ、少し休むわ。リシャールが帰ってきたら呼んで頂戴」

「今夜は遅くなるそうです。途中抜けてしまったので」

「そう。でも彼が疲れていなかったら声をかけて」

「かしこまりました」

私は自室へ戻り、やっと混乱した頭を整理する時間を作った。

リシャールは男爵ではなく、近衛の騎士で、公爵の息子だった。

いえ、今は男爵だけれど、いつかは公爵になる、と言った方が正しいだろう。

しかもお父様は宰相。

とんでもない名家だわ。

エルディア伯爵家は古くからの家柄ではあるけれど、領地は広い方ではないし、お父様は文官として出仕はしているけれど、重職ではない。むしろ閑職だ。

中央の政界とも縁遠く、デルマン侯爵との繋がりを大切にしているのは、何とかもっといい職に就きたいと思っているからだ。

リシャールは、きっと私のことを、エルディア伯爵家のことを調べたのだろう。

だから、公爵家のことを伏せていたのだろう。

彼が言っていたように、もし彼が公爵の子息とわかれば、お義母様はその相手をガーベラにしないか、と言い出しただろうし。

リシャールが私に全てを話してくれていなかったことは、そういった理由があるのだから仕方がない。

彼は嘘をついていたわけではない。

私が未来の公爵夫人になれるかどうかは、きっと公爵夫人が導いてくださるだろう。

それは平坦《へいたん》な道ではないだろうが、リシャールのためにも頑張るしかない。

リシャールのため……。

私は、リシャールが好きだった。

出会った時から彼を好ましく思っていて、一緒にいることが楽しかった。

惹かれてはいけないと思って踏み込むことはしなかったけれど、彼と婚約してその気持ちに歯止めをかけることなく、好意を育てていた。

だから彼が男爵でも、公爵でも、彼に望まれているのなら付いていきたい。

でも……。

『あの子が好き?』

お義母様にそう訊かれて『はい』と言えなかった。

彼を好きではないということではない。

好きと言ってしまっていいのかどうかを迷ったのだ。

だって、私は彼に『愛している』と言われていなかったのだ。

自分もその言葉を口にしていなかったので、お互い恥じらいから口にできないのだと思っていた。

婚約自体が唐突だったから、『愛している』なんて言い交わす機会もなかった。

好きだとは言われた。

大切にもされている。

キスもした。

でも、『愛している』とは言われていない。

四人での話し合いの時のお義母様の言葉。

『それであなたは、ウィスタリアさんの可哀想な状況を見て、彼女がもう他の男性に婚約を申し込まれることはないだろうと自ら名乗り出たのね？』

可哀想、と言う言葉を、彼は否定しなかった。

私に他の男性からの求婚がないであろうことは容易に推測できること。

『騎士として看過できない、というわけね』

リシャールは、立派な騎士だと思う。騎士というのは女性に対して礼儀を尽くすもの。

『傷心の彼女を放っておけなかった』

優しい彼は、傷ついたと思って私を何度も慰めてくれた。

もしかしたら、彼は私を愛してプロポーズしてくれたのではないかもしれない。

親しく付き合っていた友人としての私が、窮地にあると思って手を差し伸べてくれていただけかも。

彼には、お相手になりたい女性が何人もいた、と聞かされた。

きっとその方達は私より美しく、私より爵位も上のお嬢様達だったに違いない。

その女性達に、私が勝ることがあるかしら？

そんなもの、何も考えつかない。

こちらへ来てから色々なことを学んだけれど、これくらいのことはきっと他のお嬢様達も学んでいるだろう。

突出して私が優れているなんて思えない。

ではどうしてリシャールは私の手を取ってくれたのだろう？

考えると、お義母様が言っていたことが正しい気がしてしまう。

つまり、酷い仕打ちを受けた私を憐れんで、騎士の精神で救いの手を伸べた、と。

あの優しさも、婚約者というものに対しての礼儀であって、愛情ではないのかも。

クラックスに対して身勝手な人間を嫌悪する怒りを見せたのも、騎士としての正義感からだろう。

考えると不安だった。

私達の間に好意はあっても愛はないのかもしれない。

私に対する悪い噂が消えたら、彼は私の手を離すかもしれない。

だとしたら、私は彼に『愛している』と言っていいのだろうか？

その言葉は彼の負担にならないだろうか？

そう考えて、私はお義母様にはっきりと彼が好きです、と言えなかった。

リシャールを失いたくない。

彼の側にいたい。

彼に嫌われたくない。

私は、指に嵌まった指輪に目を落とした。

リシャールの婚約者である証しとして贈られた指輪を、そっと撫《な》でる。

もしも……。

もしも彼が私を愛していなかったとしたら、私は彼を諦めるの？　彼から離れていくつもりなの？　ここを出て、どこへ行くつもりなの？

こちらへ来る前に、もし彼が私を愛していなくても一緒にいたいと思ったじゃない。

優しくされて、欲が出たのね。

愛されたい、と思ってしまったのね。

だからこんなにも、愛されていないかもしれないということがショックなのだわ。

「欲張りね……」

思わず自嘲してしまう。

何もいらないと思って育ったのに、こんなに大きなものを欲しがるようになってしまったなんて。

彼が私に好意を抱いてくれていることは疑わない。

でなければ婚約などするわけがないもの。

それなら、愛されるように努力すればいい。

彼に心から尽くそう。

騎士の妻として、公爵夫人として恥ずかしくない人間になろう。

お義母様はリシャールには私以外婚約者というものはいないと言ってくれた。それは彼が心を傾ける相手がいなかったということ。

彼の心の中の『愛する者』の椅子があって、それがまだ空席ならば、そこに座れるように努力しよう。

こんなにも強く愛されたいと思うなら、何だってできるでしょう?

恥ずかしいとか、私なんてとか、相応しくないなんて考えてはいけない。

相応しくないと思うなら、相応しくなるように努力をすればいい。

この指輪が自分の指にある限り、彼の婚約の誓いは揺らいではいないのだ。この指輪を信じていればいい。

でも……、もう私から『愛している』と言うことはできなかった。

『愛して』と訴えているような気になってしまって。

自分の強い欲望を彼に押し付けるような気がして……。

その夜遅く戻ってきたリシャールを出迎えると、彼は優しく私を抱き締めて頬にキスをしてくれた。

「今日はすまなかった」

と謝罪をしてくれた。

「いいえ、いいの。あなたが言ったことは正しかったのですもの。それに、今は全て話してくれたのだから」

彼は何も言わず、額にもう一度キスをくれた。

けれど何故か、そのキスがごまかしのためのもののように思えてしまった。

もしかしたら、まだ秘密にしていることがあるのかもしれない、と。

だめね。一度不安を覚えると、何でも悪い方に考えてしまって。

「母上からもう少しパーティに出席するようにと言われてしまった。いいかな?」

「はい。どこへでも行きますわ」

「ではライアンに頼んでいいところを幾つか選んでもらおう。君の美しさをあまり世に広めたくないのだけれどね」

お疲れだろうから、会話はそれだけで終わりだった。

寂しい、と思ってしまう気持ちに罪悪感が湧く。

もっとかまって欲しいと思っている自分に気づいて。

自分が安心するために、彼に何をさせようというのか、と。

翌日、いつものように彼が出て行くと、こちらもいつものように勉強を始める。

今までも決して疎《おろそ》かにしていたわけではないけれど、気持ちを新たにしてより一層励むように努めた。

今、自分にできることをしよう。

精一杯の努力をしよう。

リタと話し合って、装うことにももっと興味を持つようにした。

自分に自信がないのなら、自信が持てるように頑張ればいい。彼の隣に立つことが相応しいと思われるようになりたい。

恙《つつが》無く過ぎる日々の始まり。

今までと違うのは、お義母様が訪れるようになったこと。

午後のお茶を楽しみながら、貴婦人としての心得を幾つか教えてお帰りになる。

お義母様はとても博識で、お手本にすべき女性だった。

そして私に優しく接してくれた。

緊張はするけれど、安らぎにもなった。

そして再びパーティへの出席。

今度は騎士団の重鎮が引退なさるということでのお祝いのパーティだった。

集まるのは騎士団とその関係者達だけ。気の置けない集まりだと説明された。

なので、装いは派手なものではなく、明るいレモンイエローのドレス。

その席で、騎士団の奥様達ともお知り合いになれた。

「噂は伺ってますわ」

という言葉に一瞬ドキリとしたが、その後に続いた言葉は悪いものではなかった。

「団長の婚約者はすごい美人だって」

「私など、皆様に比べたら……」

「あら、ご謙遜を」

奥様方は、皆さんしっかりした女性ばかりだった。

私が社交界に疎いということも、友人がいないということもご存じで、これからは自分達と仲良くしましょうと言ってくれた。

騎士団の方々も優しくて、リシャールの話も色々と聞けた。

どうやら、リシャールは団では厳しい隊長らしい。

女性には興味のない人だったのですよ、とも言われた。

気になったのは、その時の一人がポツリと漏らした一言だった。

「ずっと前に黒髪の女性といるのを劇場で見ただけですね」

お付き合いしていた女性がいたのかもしれない。

劇場なんて、親しい方とでなければ行かないもの。

でもそれは『ずっと前』だということだから、気にしないようにした。

彼がモテるであろうことはわかっていたことだわ、と。

それ以外は、気にするようなことはなく、楽しい集まりだった。

更にその数日後には、別のパーティに。

その翌日にも。

どれもこぢんまりとした集まりのパーティばかりだった。

中には、騎士団の奥様達と同席するものもあった。

「君が雰囲気に慣れるように数をこなしているだけだから、気負わなくていいよ」

リシャールの言う通り、出席を重ねるうちに、私もだんだんとパーティというものに慣れてきた。

人と話をすることもできるようになったし、彼とダンスをすることにも恥ずかしいと思うことはなくなってきた。

ただ、正直言って疲れは感じてしまった。

すると、彼はそれに気づいて暫くは仕事があるからパーティは休みだと言ってくれた。

私にはわかる。

彼は私の負担を察してくれたのだ。

いつも、彼は私のことを気遣ってくれる。

本当に優しくて、私のことをわかってくれる人なのだ。

それに甘えてはいけないと思うけれど、嬉しいと感じることは止められなかった。

彼と共に時間を過ごせば過ごすだけ、彼のことを好きになってゆく。

もうこの気持ちは止められない。

だから努力する。

パーティに行かないのなら、勉強を頑張ろう。

学べることは何でも学ぼう。

信じていても、失う時は失うのだということはお父様の時によくわかっていた。

父としての愛情がなかったとは思わないけれど、お義母様や新しい娘への愛情が勝って、私はいらないものになってしまった。

自分が思っていた以上にそれは心に傷を残していたのだろう。

拭おうとしても拭えない不安。

だからまた頑張る。

頑張れば、みんなが褒めてくれた。

「ウィスタリア様がお洒落《しゃれ》に興味を持ってくださって嬉しいですわ」

「乗馬の教師が褒めてらっしゃいましたよ。もう遠乗りにも出られるだろうと」

「お嬢様は大変優秀な生徒でらっしゃいます。もう少し上の勉強に進んでもよろしいかもしれませんね」

「お嬢様の作ったお菓子なら、旦那様も喜ばれますよ」

リタも、ライアンも、家庭教師も、料理人も。みんな私の努力を認めてくれる。

「勉強熱心なようで、いい心掛けだわ」

とお義母様も褒めてくれた。

「無理はしなくてもいいんだよ。私はそのままの君を迎えたのだから」

リシャールだけは褒めるというより気遣ってくれたけれど。

努力することで報われるのなら苦にはならない。

元々学ぶことが好きだったのだから、これはこれで楽しい。

でもやっぱり、少しオーバーワークだったことは認めなくてはならないようだった。

「おはようございます、ウィスタリア様。今日はお寝坊さんですね」

リタが起こしに来るまで目が覚めなかったのは、初めてだった。

「ごめんなさい。私、寝過ごしてしまった？」

慌ててベッドから身体を起こそうとしたけれど、すぐには起き上がれない。

「大丈夫ですか？　お顔の色があまり優れませんが」

「大丈夫。ちょっと眠気が取れないだけよ。それよりすぐに着替えないと。リシャールを待たせてしまうわ」

ベッドから下りるのも、もたついてしまう。

「急がなくてよろしいですよ。私が間に合わない時間に起こしたりするわけがありません。きちんとお支度の時間はあります」

「……そうね。それじゃ支度を手伝って」

「かしこまりました」

明るいグリーンのチェックのドレスに身を包み、朝食の席へ向かう。

そんな私を見て、リシャールは顔をしかめた。

「おはよう、ウィスタリア」

「おはよう、リシャール」

頬へのキスを交わした後、テーブルにつくと、彼はライアンを手で呼んだ。

「今日の彼女の予定は？」

「はい。午前中は歴史学と経営学のお勉強を。午後にはピアノと乗馬が入っております」

「では全てキャンセルだ」

「かしこまりました」

リシャールの言葉に、私は戸惑った。

「今日は何かご予定が？　お出掛けになるのですか？」

「そうじゃない。今日一日は何もかもお休みだ」

「でも……」

「君が頑張ってくれるのはわかるが、無理をさせたいわけじゃない。あまり顔色もよくないようだし、今日は一日休んでいなさい」

「大丈夫ですわ」

「大丈夫ではない。私の言うことを聞きなさい」

強く言われて、私はしょげてしまった。

至らない、と思われたかしら、と。

「君がしたいことをするのは止めたくない。学ぶことが好きなのも知っている。だが、ウィスタリアは努力のし過ぎだ。私の両親が来て、気負うことがあるのかもしれないが、無理をして身体を壊されては困る」

「体力には自信が……」

「その自信のある体力が、枯渇してきているのじゃないか？　だとしたら一度ゆっくり休んで、また明日から頑張ればいい」

「……はい」

心配させてしまったわ。

負担になりたくないと思っていたのに、負担に思われたかしら？

「ここへ来てから、ゆっくりと庭を散策したこともないのだろう？　庭師を喜ばせてあげるといい。私は花に詳しくはないが、きっと綺麗な花が咲いているはずだ」

また気遣いをさせてしまった。

「わかりました。今日は一日ゆっくりと過ごします」

「それがいい」

食事を終え、彼を送り出すと、私は大いに反省した。

頑張ればいいだけじゃないわね。

これで体調を崩したら、頑張ってますアピールみたいで厭味だわ。

今の私には心配してくれる人達が沢山いる。その人達のことも考えないと。

「旦那様のおっしゃる通りですわ。今日はぼんやりする日、と思われては？」

リタも、心配してくれたのだろう、そう声をかけてくれた。

「そうね。私、ぼんやりしてるってよく言われてたの。今日は昔に戻ることにするわ」

「まあ、お嬢様がぼんやり？」

「そう見えない？」

「私からすると、頑張り屋さんで、放っておくと根を詰めすぎる方に見えますわ。でも今日は頑張らないように頑張ってください」

　リタの言葉に、やっと私は笑えた。

「頑張らないように、頑張るのね。素敵な言葉だわ」

　何もしないでいることは悪いことのように思っていたけれど、私がゆったりとしていることを喜ぶ人がいるのなら、息抜きも悪いことではないわね。

　気持ちを切り替えよう。

　公爵夫人という、自分の身の丈に合わない立場を告げられて焦っていた。リシャールの気持ちがわからないと不安だった。

　焦りも不安もなくなるものではないけれど、まだ時間はたっぷりある。

　公爵夫人になるのはまだ先の話だし、リシャールとは婚約しているのだから。自分のできるペースで、一歩ずつ進んでいこう。

　リタに帽子を出してもらって、一人で庭に出る。

　外に出るのは乗馬のレッスンの時、決められた道で馬場と屋敷を往復するだけだった。

どうして、私はもっと早く庭を散策することを考えなかったのかしら？

ここに来た時、美しい庭だと思ったのに。

屋敷の近くはよく手入れされた庭木が整然と並び、トピアリーにベンチというこぢんまりとしたもの。

男爵邸に合った庭だ。

けれど屋敷から離れてゆくと、自然な感じで植え込みがあり、木陰には小さな水泉《すいせん》が隠れていたり、白い大理石の彫像があったりする。

遠く見える公爵邸に近付くに従って、凝った作りになっていくのだろう。

バラが美しく咲き誇っているところもあれば、タマアザミやスグリが咲く素朴な場所もある。

歩けば歩くほど、違った顔を見せる庭に魅せられて、私はどんどんと奥へ進んだ。

強い緑の匂いに交じって微かな甘い花の香り。

歩く道も綺麗に整備されて、庭師の仕事のよさを感じる。

後でちゃんと庭を楽しんだことを庭師に告げよう。リシャールの言う通り、よい仕事をした人は褒めてあげなくては。

道に迷うようにうろうろと歩き回り、無駄を楽しみながら花を愛《め》でる。

気持ちが、明るくなってゆく。

吹き始めた風も、心地よい。

と思った時、一陣の強風が吹き抜け、私の帽子を攫《さら》った。

「あ」

ツバのある帽子が、風に乗って飛んでしまう。

慌ててその後を追ってゆくと、植え込みの向こうから声が聞こえた。

「……じゃないのよ。リシャールはわかってないわ」

リシャールの名前……。

思わず植え込みに隠れて声のした方を窺う。

気づけば、私はどうやら離れに来ていたようだ。

そっと顔を覗《のぞ》かせると、庭先に据えられたガーデンテーブルに座ってメイドに声を上げている美しい黒髪の女性がいた。

「ですが、クレスタのチョコレートとおっしゃっていたので……」

「チョコレートじゃないわ。チョコレートケーキよ。リシャールは私の言葉をちゃんと聞いてなかったんだわ」

胸が、ドキドキした。

彼女は誰？

どうしてリシャールの名を呼び捨てにしているの？　この離れに住んでいるの？

公爵家の人間？　男爵家の人間？　それとも……。

「そうおっしゃらず。リシャール様はお嬢様のことを大切に思ってらっしゃいますが、お仕事がお忙しいのですわ」

「愛されてるのはわかってるわよ。でも最近はあまり来てくれないし……」

「お寂しいのですね」

「別に。寂しくなんかないわ」

ふいっ、と彼女は横を向いた。

愛らしい所作。甘えることの上手い女性なのだわ。ガーベラに似た感じ？

いいえ、そうではなかった。彼女はもっと可愛らしい女性だった。

「私がワガママを言ったから、足が遠のいたのだと思う？　リシャールは怒っているのかしら？」

「リシャール様がお嬢様を怒るなんてあり得ませんわ。先日も、刺繍を入れたハンカチを喜んでくださったじゃありませんか」

「ええ、嬉しいって言ってくれたわ」

「ですから、本当にお仕事が忙しいだけですわ」

「それなら今度はクッキーを焼くわ。甘い物は疲れが取れるというし」

「きっとまたお喜びになりますわ」

「そうね。後でリンゴを買ってきて。リシャールはリンゴが好きなの」

「かしこまりました」

私は物音を立てぬように注意して、そうっとその場を離れた。

手が、冷たくなっている。

目の焦点が合わなくて、風景がぼんやりとして見える。

それでも何とか男爵邸へ向かって歩き続けると、鉄製のベンチを見つけたので、倒れるようにそこへ座った。

今の方は……、誰？

離れに住んでいるということは、公爵家に縁のある方なのだろう。もし公爵家の娘であるのなら、たった一人で離れに住んでいるのはおかしい。

リシャールから姉妹がいるという話も聞いたことはなかった。

公爵家のことを秘密にしていた彼が言わないのは理由があるけれど、何度も会っているお義母様からも、娘がいるのだという話は聞かなかった。

私と近い年頃のお嬢さんがいるのなら、少しは話題に出るはずなのに。

リシャールのことを、呼び捨てにしていた。

遠縁のお嬢さんなら、『様』とか『さん』とか付けるはずだろう。名前を呼び捨てにするなんて、余程近しい間柄の人としか思えない。

その時、ふっと騎士団の人の言葉が思い出された。

『ずっと前に黒髪の女性といるのを劇場で見ただけですね』

黒髪……。

今の女性も、黒髪だった。

私はパーティへ連れ出されることがあっても、劇場へ誘われたことなどなかった。

リシャールはパーティが苦手であまり顔を出さないのだと言っていた。だからどこへ行っても珍しいと言われた。

あのお嬢さんが劇場に同行していた女性だというのなら、彼女を連れてパーティに出席することもできたのでは？

それをしなかったということは、彼女はパーティに出席できない身分……？

彼女の着ているドレスはとても素敵だった。真っ白で、リボンの沢山ついた。決して使用人や貧しい貴族の娘が着るものではない。

ではそれは誰が買い与えているの？

チョコレートを買ってきて、とリシャールに頼める人、彼の好物を知っている人、彼が身につけるものを渡すことができる人。

愛されているのは知っている、と言ってしまえる人。

苦しい。

息ができないほど苦しい。

悪い考えしか浮かばない。

貴族には、愛人を別宅に囲う人もいると聞く。身分が低い女性だった場合、公式の席にはその方を同席させないらしい。

彼女は……、リシャールの愛人なの？

彼が私に『愛している』と言わないのは、彼女がいるからなの？

彼が私に求めているのは、公爵夫人としての立場だけで、愛情はあの女性に捧《ささ》げるの？

そんなことがあるはずはないと思いたいのに、否定する理由を見つけられない。

頭の中で、勝手な物語が組み立てられてしまう。

リシャールは彼女を愛しているけれど彼女は公式の席に連れて行けない身分で結婚もできない。だから離れに住まわせている。

けれど未来の公爵として結婚は必須。

そこで親しくなった私が婚約を破棄されたことに同情し、伯爵令嬢という身分があるから、私を助けるように婚約してくれた……。

リシャールは、私のことを嫌いではないだろう。

私のために色々としてくれたし、今はこの指に婚約の証もある。少なくとも、気の合う友人以上の好意は抱いてくれているはずだ。

利用されたとは思わない。

でも……。

愛されているとも思えない。

婚約もして、キスもしたのに、『愛している』と言ってくれない彼に対する不安が拭えない。

そこに現れた彼女の存在が、その不安を大きくする。

ひとしきり悩んだ後、私はゆっくりと立ち上がり屋敷へ向かった。

きっと、違う答えが出せるはずだわ。

自分に自信がないから、短絡的に悪い物語を考えてしまっただけ。

なんだ、そういうことだったのね、と笑える答えを見つけることができるはずだわ。

祈るような気持ちで、私は別の物語を模索し続けた……。


屋敷へ戻ると、私はライアンに言ってリシャールのハンカチを見せてもらった。

刺繍を入れたハンカチを贈りたいから、見本として見てみたいのだと言って。

疑うことなくライアンは彼のハンカチを持ってきてくれた。

この中に、あの女性の手にものがあるのだろうか。

並べられたものはどれも素晴らしく、見ただけでは彼女が刺したであろうものを見分けることができなかった。

「公爵邸とここととの間にある建物は何？」

と、さりげなく訊いてもみた。

「あれは公爵家の建物ですので、今はあまり近づかれない方がよろしいと思います」

ライアンの返事は、決して私を安堵させるものではなかった。

公爵家の建物、という答えはリシャールとの距離を感じさせたが、私に近づくなと言うのは何故なのかと疑ってしまう。

「どなたか住んでらっしゃるのかしら？」

「私は男爵家の執事ですので、存じ上げません」

知らないはずはない。

男爵家の執事ということは、公爵の子息の執事ということ。いずれリシャールが爵位を継いだら、あなたは公爵家の執事になるのでしょう？　だったら今から公爵家のことを把握しているはずよ。

執事というのは、主の知らない家のことも全て管理するものなのだもの。

それに、公爵夫妻はあなたのことをよく知っていたじゃない。既に公爵家とは行き来があるはずよ。

疑問は口に出さなかった。

彼の返事を聞いて、ライアンは私に話さないのだとわかってしまったから。

夜になってリシャールが戻ってきた時も同じだった。

「おかえりなさい」

出迎えた私の頰へ、いつものようにリシャールがキスをくれる。

「ただいま。庭を歩いてみたかい？」

「ええ。とても素敵でしたわ。公爵様の別邸？　あちらの近くまで行きました」

そう言った途端、彼は少し表情を険しくした。

「あちらへは近づいてはいけないよ」

「……まあ、どうして？　どなたか住んでらっしゃるの？」

「まあね。君のような美しい女性が近づくとトラブルなるかも知れない者がいるんだ」

男性がいるような口ぶり。でも私は知っているのよ、あそこにいるのが女性だと。

女性ならば私が出会っても問題ないのではないの？

私が会うとトラブルになる若い女性って、どんな関係の方？

言ってくれないから、問いかけることができない。

問いかけることができないから、答えを得ることができなくて、私の中の悪い考えが大きくなってしまう。

「それより、またパーティの招待が来ていてね。みんな私がパーティに出席すると知ったら、ウチにも顔を出せとうるさいんだ。美しい婚約者も話題だし」

「あなたはどうして今迄パーティに出なかったの？」

「前にも言っただろう？　苦手なんだ。特定の相手もいなかったしね」

「でもいつもそつなくこなしてますわ」

「もう知られたから言うけれど、パーティには騎士として出席することが多いのに、公爵扱いされるのが面倒なんだ。まだ父上は健在なのに公爵扱いされても、ね。それを聞き付けて群がる女性もいる。それも苦手だった」

彼は私の腰に手を回して引き寄せた。

「君は私のそういうしがらみを知らずに接してくれた。男爵でしかない私と婚約してくれた。だから、君を大切にしたいんだ」

愛している、とは言ってくれないのね。

思ってから、その言葉を求めるほど、自分が彼を愛していることに気づく。そして愛情が、疑惑によって嫉妬という醜い考えをもたらすことにも気づいた。

あの女性は誰？　と訊いて怒らせたり嫌われたりするのが怖いから、何も言えないまま言葉を呑み込む。

それは私が持ってはいけない感情だわ。

「浮かない顔をしているね？　まだ疲れている？」

「いいえ。お庭で楽しく過ごしましたわ。ただ、二人でゆっくり過ごす時間がないのが残念だと……」

「それは私も同意だな。今は仕事が忙しいが非番の月になったら一日中家にいることができる。あと数日だな」

今、彼は私の隣にいる。

「もっとも、パーティざんまいになるからゆっくりとはいかないかもしれないが。それでも、二人の時間は作ろう」

言葉通り、大切にされている。

「高位の貴族の方々は、社交に忙しいものとわかっておりますから、私は平気です。まだ慣れてはいませんが、慣れるようにします」

「ウィスタリアはとても優秀だと聞いている。君なら、何があっても私の隣に立ち、私を支えてくれるだろうな」

「……私が、女主人として差配できるようになることを望んでる？」

「望む、というより知っているよ。図書館で出会った時から君は他人のことを考えられるしっかりとした女性だとわかっていたから」

リシャールは、信頼しているというように微笑みかけてくれた。

ああ……、そうなのね。

「それなら、私、頑張らなくちゃ」

「頑張り過ぎなくてもいいんだよ？」

「いいえ。求めてもらえるのなら、とても嬉しいわ」

彼はちゃんと私を必要としてくれている。

黒髪の女性は、ちらりと見ただけだけれど、奔放であまりお勉強が好きなタイプには見えなかった。

彼女はリシャールの心を慰めてくれる相手として、私は彼と彼の家を守る女性として、別々に求められているのだろう。

私とあの女性とは、求められる役割が違うだけなのだ。

それは寂しいことだけれど、愛しているから結婚して欲しいと言われたわけではないもの、彼が嘘をついたわけではないわ。

私達の婚約は、図書館で知り合って、親しくなって、婚約破棄されたのなら自分が引き受けてもいいと言ってもらって、私がそれに応えただけ。

婚約の理由が、真面目に勉強する女性だと知っているから、妻としての立場を与える、というものだとしても、いいじゃない。彼が私を愛していなくても、私が彼を愛していればいいと思っていたのだから。

私達の間に好意と親愛はある。それだけは信じている。

彼が私を必要とし、大切にしてくれているのなら、悲しむことはない。

婚約を破棄されて、一人寂しく生きていくことも考えていた。なのに今、愛する人を見つけて、その人とこんな素敵なお屋敷で暮らしている。

手に入らないものを嘆くより、手に入ったものを大切にするべきだわ。

「そうだ。クッキーをもらったんだが、一緒に食べないか？」

「クッキー……？」

「リンゴを焼き込んだもので、私は結構好きなんだ」

「リンゴ……、好物ですものね」

「気づいてたのか？　実はそうなんだ」

彼は笑ったけれど、私は笑えなかった。

だって、それを誰が焼いたのか想像すると顔が強ばってしまうから。

リシャールはリンゴが好き。彼のためにクッキーを焼くわ。あの黒髪の女性が言っていた言葉を思い出してしまうから。

「お食事前ですもの、遠慮しておきます。それはどうぞリシャールがお召し上がりになってください。好物なのですから」

「君と一緒に食べる方が美味《おい》しいと思うのだが」

「リシャールがいただいたものなのですから、あなたが召し上がらないと贈り主に失礼ですわ。きっと感想を聞かれるでしょうし」

与えられ続けて、私はきっと贅沢になったのだわ。

十分な暮らしを与えられ、彼へ愛情を向けることが許されていて、彼からの信頼を得ているのに。この上彼の愛情まで欲しいと願うなんて強欲というもの。

好きな人と一緒にいられる。それがどれだけ素晴らしいことかを、忘れないようにしないと。

こうして、腰を抱かれて一緒に歩けることを幸福だと思わないと。


数日後、リシャールはやっと非番の月に入った。

けれど二人でゆったりと過ごすことはできないようだ。

「お断りできないパーティの招待が溜《た》まっております。今まではお仕事優先できましたが、非番になっては理由がございませんので」

朝食が終わり、ライアンの言葉にリシャールはうんざりした顔をした。

本当にパーティが苦手なのね。

「仕事が終わって疲れている、ではどうだ？」

「体力の無さを指摘されて、騎士団から放逐なされければよろしいですが。それに、お身体を気遣った方から医師を送り込まれるかも。余計面倒になるだけですよ？」

「ウィスタリアも、パーティ疲れしているだろう？」

彼が私に助けを求めるように言ったが、私は首を横に振った。

「疲れはもう取れましたわ。やるべきことはきちんとやらないと。務めを果たせぬ婚約者とは呼ばれたくありませんもの」

「そんなことは言わせない」

「ええ。ですから、ライアンが出席するべきだと判断したパーティには出席します。リシャールが好きなことをできるためには、私がしっかりしなくてはならないと気づきました。もしパーティが苦手でしたら、私だけを会場に残して抜け出してもかまいませんわ。終わる頃に迎えにきてくれれば。私、一人でも頑張ってみます」

彼の支えになるためには、私が彼の後ろに隠れていてはいけない。彼がいなくても大丈夫、と思ってもらわなくては。

「……無理はしなくてもいいんだぞ？」

「無理などしていませんわ。私にならできる、と思ってくださるでしょう？」

「ウィスタリア様の方が、気構えができてらっしゃるようですね。ウィスタリア様を置いてパーティを抜け出されますか？」

「バカなことを言うな。もちろん彼女の側を離れたりはしない」

「それはようございました。では、明日からご精進くださいませ」

「だが今日はゆっくりするぞ」

「ご随意に」

リシャールはまだ納得してない顔で、席を立った。

「ティールームへ行こう」

私の手を取り、ティールームへ誘う。

ティールームでは、彼は長椅子に私を座らせ、自分はその隣に腰を下ろした。

向かい合って座るのだと思っていたので、この近さにドキドキしてしまう。

「ウィスタリアもパーティは苦手だと思っていた」

「得意ではありませんけれど、だからと言って逃げるわけにはいきませんわ」

「……耳が痛いな」

彼の手が、自然に私の手に重なった。

彼にとっては何げない行動なのだろうけれど、落ち着かなくなってしまう。少しは私にも気持ちが動いているのかしら、と。

ばかね、もうそうではないとわかっているのに。

「今度出席するパーティは、大きなものになると思う。正式な招待がきているものだからね。知らない人間も多いだろうし、口さがない人間もいるだろう。ウィスタリアは気分を害することもあるかもしれない」

「心配してくれるのね？　でも平気よ。私は自分の役目をまっとうするだけですもの」

「役目、か」

「まだ力不足でしょうけれど」

「いや、そんなことはない。君は想像以上によくやってくれていると思う」

「本当？　嬉しいわ」

微笑みかけると、何故か彼は表情を暗くした。

やはり今のはお世辞で、まだ力不足と思っているからね。

小さく息を吐いて、彼は私の手を軽く握った。

「君に、まだ教えていないことが幾つかある。本当ならば伝えておかなくてはならないのだろうが、君のことを考えるとその勇気が出ない」

愛人がいる、と伝えるつもりなのだろうか？

もう存在を知ってはいても、結婚前にそれを宣言されるのは辛い。

「あなたが言いたくないことを聞きたくはありません。ですから、どうぞ何も言わないで。

秘密がある、と言ってくれただけで結構です」

　結婚して、私が逃げ出さないとわかってから言うつもりなのだろう。

　私は知っていても結婚したいと思っている。それだけあなたのことが好きなのだ、と言えてしまえばいいのだけれど、心が向いていない相手に愛を告白されるのは苦痛だろうと思うと、何も言えない。

「そうだな。今はまだ言わなくてもいいことかもしれない。暫くはパーティ続きだろうが、一段落したら観劇にでも行こうか？」

「お芝居？」

「観《み》たいものがあれば、ライアンに言ってチケットを取らせよう」

　言われて困ってしまった。私は、今どんなものが流行《はや》っているのかも知らないのだ。

「芝居が嫌なら、遠乗りにでも行こうか？」

　私が返事を言いよどんだのを、喜んでいないと誤解して、彼が言葉を変える。

「誘っていただけたのは本当に嬉しいのですけれど、勉強が足りなくて今どんなお芝居がかかっているのかわからないのです。もしよければ、リシャールの好きなものに誘ってください」

「そうか……、伯爵家では観劇もさせてもらえなかったのだな」

　その通りなのだけれど、肯定はできなかった。

「ごめんなさい。もっと勉強します」

「謝ることはない。やはり、君の家のことは考えなければならないな……」

その言葉がどういう意味なのかわからなかったが、嫌な予感がした。私の家と縁続きになりたくない、と言われたようで。

だとしたら、それを理由に婚約を解消されてしまうのかしら？

不安な視線を向けると、彼は気づいて微笑んでくれた。

「君に悪いところは一つもない。私は君を幸せにする義務がある」

義務……。

「出掛けるのが嫌でないのなら、予定は立てよう。流行りの芝居に詳しい者がいるから、それに訊いてみるさ」

それはどなた？

という一言も、喉でつかえて出て来なかった。

あの黒髪の女性とは観劇に行ったのでしょう？　あの方はそういうことが好きそうだったわ。

私と観に行くお芝居を、彼女に選んでもらうの？

「……もし他に連れて行きたい方がいらっしゃるなら、その方を優先させていいのよ？」

「婚約者以外と出歩くようなことはしないよ」

私と、ではなく婚約者だから、なの？

嫌だわ。気にしないようにしようと思っているのに、卑屈になってしまう。

「明日にも出掛けることになりそうだから、君はその支度をするといい。私は少し出てくるから」

「またお仕事？」

「いや、ちょっとしたヤボ用だ」

彼女のところに行くのかしら？

「昼食までに戻れないだろうから、今日は一人で過ごしてくれ」

リシャールはそう言って私の頬にキスした。

そういえば、唇にするキスは初めての時一度だけだった。

あの時、私が初めてだと知って、面倒だと思うようになったのかしら？

私が慣れている女性だと思ったから軽々しくキスしたけれど、そうではないとわかって避けているのかも。

彼は着替えてから馬に乗って屋敷を出て行った。

疑ってしまって悪かったわ。きっとお仕事ね。

「残念でしたね。せっかくのお休みでしたのに」

彼を見送った後、ライアンが言った。

「お仕事は大切だもの」

「仕事ではないと思いますが？」

「だとしても、わざわざ着替えてから出て行ったのだから、何か重要な用事があったのでしょう。そちらを優先させるのは当然だわ」

本当にそう思ったから言ったのに、ライアンが気遣う視線を向ける。

「こちらへいらしてから、ゆっくりなさる時間がないことは、旦那様も寂しいと思ってらっしゃるようですよ」

寂しい。

それは私の心の中にポツンと空いた穴。

「だと嬉しいけれど。でも、今日からご一緒だと思って家庭教師を断ってしまったわ。パーティの支度はリタがしてくれるし。暇になったわね」

でも、それを気づかれたくなくて、敢《あ》えて明るく返す。

「でしたら、またお庭でも歩かれてはいかがでしょう。よいお天気ですし。その間にお茶の支度をしておきますので」

「お茶はいいわ今、お食事したばかりですもの。でもそうね、少し歩いてくるわ」

本当は、もうあまり庭には出たくなかった。庭園は美しいけれど、庭の向こうにあの女性がいるのかと思うと少し気が重くなるから。

でも、ライアンがそう言うということは、あちらの女性は庭には出て来ないのかもしれない。

家の中で鬱々と悩むより、お日様を浴びた方がいいわね。

庭に出ると、その考えは正しかったと思った。

本を読むのも好きだけれど、こうして庭を歩くのも好き。

本で覚えた植物を実際に見て、触って歩くのは楽しい。

寂しさはある。

それは消えない。

だって、彼のことを好きだから。好きな人の一番になれないことを寂しいと思うのは当然だから。

けれど、私は彼の側にいられる。諦めて見知らぬ男性に嫁ぐことを考えれば、それはとても幸せなこと。

自分が勉強したことを生かせる場所を与えてもらって、一番好きな人の妻を名乗れるようになる人生は、私が選べる未来の中でも最上クラスだわ。

いつか、彼は私に真実を告げるだろう。

リシャールのことだから、きっとすまなさそうな顔をするに違いない。私に悪いことをしたと思うかもしれない。

私に幸福を与えてくれた、私の愛《いと》しい人が、悲しむのは見たくない。

辛いのならば自分だけでいい。今までだって、私は誰かの一番にはなれなかった。お父様やお義母様にとっても、クラックスにとっても、私は一番ではなかった。

だから今度もそうなるだけ。

リシャールが黒髪の女性を愛しているのなら、私も彼女を好きになろう。

私がこの気持ちを隠しておけば、友達になれるかもしれない。彼女に自分はリシャールの仕事の補佐をするために嫁いだのだと、だから家のことは心配せずに彼を大切にしてあげて欲しい、と。

キスは一度だけしてしまったけれど、きっとそれ以上のことはないだろう。実際、もうキスはされていないのだし。

「……いやだわ、私だったら」

キスのことばかり考えていた自分が恥ずかしくなる。

嬉しかったから、忘れられない。もう一度キスして欲しい。はしたなくもそう考えている自分に気づいて。

ダメダメ、恋心にはフタ、よ。

彼のことは……、そうね、主君だと思うことにしましょう。

彼は私の王様。

だから彼を敬愛し、彼に尽くすのは当然なのよ。

リシャールなら、王様の風格があるわね。もし王様だったら、私なんか手の届かない人だろうけれど。

夢物語を考えていると、少し気分が和らいだ。

彼が王様だったら、私は王妃様になってしまう。もっと頑張らないと、相応しくないと言われるでしょう。公爵夫人でも、まだまだなのだもの。

今の王様については、お父様に聞いたことがあるくらいだった。

お父様より年上で、王妃様が亡くなられてから周囲の人がどんなに進言しても妾妃を迎えることもないとか。

国のために結婚したのかもしれないけれど、きっとお二人は愛し合っていたのだろう。

愛情のある結婚。それは貴族の女性にとっては夢と憧れね。

恋が実るかどうかもそうだけれど、大抵お相手は親が決めるもので、家のためにという理由が多いから。

愛する人と結ばれるのは幸せなこと。それだけに、国王様がそのお相手を失ったことはショックだったに違いない。

その点、私はまだ幸運なのだわ。

そんなことを考えながらエニシダの茂みを抜けると、目の前に赤いドレスを着た黒髪の女性が立っていた。

大きなつば広の帽子を目深にかぶっていたが、それとわかるはっきりとした目鼻立ちの美しい女性。

離れの彼女だ。

一瞬、目が合った。

彼女が私という存在を認識した途端、彼女は大きな悲鳴を上げた。

「キャアァァ……！」

そしてドレスの裾を翻し、そのまま植え込みの向こうに走って逃げて行ってしまった。

……どうして？

いえ、『どうして』ではないわね。ひっそりと暮らしている愛人なら、人目につきたくないもの。

もしかしたら彼女は私という存在を知っているのかも。

公式な婚約者の前に姿を見せてはいけないと思って逃げたのなら、奥ゆかしい方だわ。

今度は正面からその顔が見られたので、その美しさもよくわかった。

見かけは気の強そうな印象だったけれど、美しくて、自分の分をわきまえた女性。

もっと態度が悪く、ケンカを売って来るような人だったら、争う気持ちも生まれたかもしれないけれど、あんなに美しいのに引きこもってリシャールのことだけを考えてる女性だなんて。

私より、リシャールに合っているかも。

「……ええと、私はどうすればいいのかしら？」

何だか、気が抜けてしまって、私はその場に立ち尽くした。

彼女を追いかけるわけにもいかないし、人を呼ぶこともできないし。

「花……、摘んで戻ろうかしら」

彼女から、リシャールに話が届いて、今夜にも彼からあの女性についての説明があるかもしれないわね。

だとしたら、その時にうろたえたりしないようにしないと。

知らない振りをしていた方がいいわね。驚いて、それでもリシャールが彼女を愛しているなら仕方がないと受け入れなければ。

その時のことを想像するだけで、胸がズキリと痛む。

何かが迫《せ》り上がってくるように、泣きたくなってしまう。

でも、我慢しなくちゃ。

大切な人の幸福に繋がることだから。

彼の愛が実ることの方が、自分の恋が実るよりも大切だと思うから。

夕方、リシャールは年配の紳士と共に戻ってきた。

クリーク侯爵と紹介されたその老人は、穏やかで、教養深い方だった。

夕食の席で色々とお話をしたけれど、どうやら騎士団とは関係ないらしく、若い頃には政務官としてお城に使えていたが、今はもう引退し、爵位も近々息子さんに譲るらしい。

どういう関係の方かはわからないけれど、リシャールとは親しげだったので、私も精一杯お相手を務めた。

「ウィスタリアさんはお美しいだけでなく、大変聡明《そうめい》でいらっしゃる」

「私などまだまだですわ。知らないことの方が多くて」

「しかも謙遜という言葉もご存じのようだ」

リシャールに近い方に褒められると、ほっとする。自分がここにいてもいい人間だと言われているようで。

もしかしたら、クリーク侯爵は私がリシャールに相応しいかどうかを調べにきたのかもしれない。

そう思ったのは、彼が私にする質問がちょっと変わっていたからだ。

「お勉強が好きだそうですが、どのようなものがお好きですか?」

「困っている者がいたら手を差し出しますか？」

「怪我をした者を見かけたらどうなさいます？」

「好きなだけ使えるお金があったら、何をなさいますかな？」

とても若い女性にする質問とは思えない。

まるで考査を受けているようだと感じるのは当然だろう。

「学ぶのはどんなことでも好きです。知らないことなら何でも学んでみたいですわ」

「もちろん、困っている方には手を貸します」

「薬草や治療の知識が少しだけありますので、誰もいなければ私が手当をするかも、でも一番はちゃんとした医師に診せるべきかと」

「お金の使い道を考えつかないので、必要とされる方に使うかもしれません」

私の返事に、侯爵は静かに頷くだけだった。

その答えが正解か不正解かは言わずに。

側にいたリシャールも、私達の会話に耳を傾けてはいたが、特に何も言わなかった。

彼が口を開いたのは、侯爵のこの質問があった時だった。

「私が何者かを知らないのですな？　社交のことについては疎いと伺いましたが、そこは補足なさらない？」

「それは私がそうさせているのだ」

リシャールが言うと、侯爵は視線を彼に向けた。

「それはあまりよいこととは思えませんな」

「……わかっている。だが、ウィスタリアには政治のゴタゴタを知らせたくはないのだ」

「いつかは知らねばならないのでしたら、全てを教えておくべきだと思いますが」

「知らなくても、彼女はちゃんとしている」

「それはウィスタリア嬢に頼っている、ということですな。リシャール殿のおサボリですよ」

言い込められて、彼は唇を歪めた。

「あの……、彼が男爵ではなく、公爵家の跡継ぎだということは教えていただきました」

見かねて口を挟むと、公爵はにっこりと笑った。

「大層驚かれたそうですな。それで、公爵夫人となることについての心構えはできましたか？」

「領地の経営などを学んで、彼の助けになればと思っております」

「政治のことも、学ばれるとよろしい。お義父上になられる公爵閣下は宰相のお一人ということはご存じで？」

「はい」

「それ以上のことは？」

「それ以上?」

それ以上の何かがあるのか、と尋ねるとリシャールが水を差した。

「クリーク侯爵」

「いずれリシャール殿もその世界に身を置くことになるでしょう。その時になって慌てないようにするためにも、知識は必要です」

「わかりました。それではリシャールが必要と言ったならすぐにでも、そういたします」

「リシャール殿の許可が必要、と?」

「私のことは全て、彼が決めるものだと思っておりますので」

「ふむ……。夫に柔順であることは美徳でしょうが、時には夫の言葉を疑うことも必要かもしれませんぞ?」

「かもしれませんが、今は必要ではないと思っています」

「そうですか」

「お気持ちを害されたら、申し訳ございません」

「いやいや、そんなことはありません。リシャール殿を信頼しているご様子がよくわかって、よいことだと思いますよ。ところで、馬にも乗られるそうですが、狩りはいかがですか?　興味はございますか?」

和やかに話題は違うものに移った。

今の話題が最後の試験だったのか、後は主にリシャールと馬の話題に終始した。

クリーク侯爵が帰ると、侯爵の質問に対する疑問と共に、私は今の来訪にどういう意味があるのかと彼に尋ねた。

するとその答えは驚くべきものだった。

「実は、彼には君の養父になってもらおうかと思っている」

「養父？」

「私としては、どうあっても君の実家と縁続きになりたくなくてね。私の正体を知って擦り寄られたくもない。なので、懇意にしている侯爵に話を持ちかけてみたんだ。そうしたら、一度直接君と会いたいというものだから……。ウィスタリア？」

突然の話に、驚いたままポカンとしている私を見て、彼は気まずそうに鼻を掻《か》いた。

「君に相談もせずに話を進めてすまなかった」

彼が想像する通り、リシャールが公爵家の跡取りと知ったら、お父様はさておいても、お義母様は色々と言ってくるだろう。

婚約はガーベラと、と言い出だすかもしれない。お金の無心をしたり、自分は公爵家の縁続きだと吹聴《ふいちょう》することも考えられる。

爵位で人となりを判断されたくないというリシャールがそれを嫌がるのはわかる。

それに……、私は家を出る時に、お父様にもう困ったことがあっても家を頼ってくるなと言われている。

既にあちらから、縁を切られている状態で、もう二度とあの家にも戻れないだろうとも思っていた。

それならば、彼が望む通りにしよう。

「驚きました。でもあなたがそれがいいと思うのでしたら、それに従います」

養女になると言っても、あちらの家に住まうわけではなく、リシャールの妻となる人間に肩書きをつけるためのものだろう。

「いいのかい？」

「あなたのなさることに反対はしません。どんなことでも。あなたは私に幸福をくれました。ですから、その恩返しですわ」

「……そうか。ではこのまま進めさせてもらう」

「はい」

他に言うことはないのかしら？

彼女からの連絡はまだないのかしら？

黙ったまま次の言葉を待ってみたけれど、その夜リシャールからあの女性について語られることはなかった。

クリーク侯爵家に行っていたのなら、まだ連絡がないのかもしれないわね。

では、私の覚悟はもう少し先に延びるのだわ。

「明日のパーティは、私の親しい者ばかりというわけではないから、大変なこともあるだろう。母上が出席してくれればいいのだが、今は少し用事があって、公式の席を休んでいるんだ」

「もしかしてご病気に?」

「いや、健康だよ。ただ、家庭の事情だ」

「家庭の事情……?」

「いつか君にも話す」

いつか。

でも今は教えてくれないのね。私があなたの『家庭』に入っていないみたいに聞こえて寂しいわ。

でもこの寂しさは伝わらないだろう。

「わかりましたわ。ではその日を待ちます」

いつか、という言葉は都合のいい言葉で、『いつか』なんて日はこないのだ、と本で読んだことがあった。

でも、彼はごまかしたりしないはずだ。

「君に伝えないことばかりで、嫌われなければいいいな」

「私があなたを嫌うなんてことはないわ」

「私には恩があるから？」

私と婚約したことを、『恩』と言うの？

「……そうね」

あなたが言うなら、笑ってそれを受け入れるわ。

いいえ、私が恩返しという言葉を先に使ったのだわ。彼は私に恩を売ったとは思っていまい。

「私が……」

あなたの側にいるのは、恩があるからではないわ、と言おうとしたのだが、彼の言葉に遮られてしまった。

「明日のことがあるから、早めに休んだ方がいい」

「ええ。そうね」

彼は私の額にキスして、ライアンの方へ向かった。

「ライアン、明日の馬車のことだが……」

もう私のことなど意識にないように。

翌日のパーティは、今までで一番大きなものだということだった。

そして、リシャールは今までで一番、出席するのに気乗りではない様子だった。

ライアンがこっそりと教えてくれたところに因ると、今回の主催者であるグレナン公爵様は苦手らしい。

「貴族の世界は色々と派閥がございますので、ざっくり申しますと旦那様の反対勢力ということです。表立って争っているわけではございませんが、あまりおりあいがよろしくないのです」

穏便な言い方だけど、単純に言えば仲が悪いということね。

「それでもお顔を出さなければならないほどの地位の方なのね？」

「内務大臣のお一人でございますので」

それは大変な人物だわ。

いかに公爵の跡取りといえど、リシャールも無視できないわね。

それだけの家に向かうのだから、その日の装いは特別なものだった。

淡い桜色のドレスに、真紅のルビーを中心に据えた繊細なデザインのネックレス。イヤリングも揃いの大きなルビー。

豪華過ぎると思ったのだけれど、公爵家として未来の公爵夫人がおりあいのよくない家に軽んじられるわけにはいかないのだそうだ。

鏡に映った姿は、我ながらお姫様のようだと思って、リタに感謝した。

でも、リシャールには不評だったようだ。

支度を調えて玄関へ出た私を見ると、彼は難しい顔をしたから。

「似合いませんか？」

不安になって訊くと、自分の態度が悪かったことに気づいてすぐに執り成した。

「いや、とても美しいよ」

あの、黒髪の彼女と比べているのかしら？

だとしたら、リシャールは黒髪が好みで、私がいくら装っても美しいとは思ってくれないのかも。

意気消沈して俯《うつむ》く私に、ライアンが言葉を補うように言った。

「あまりの美しさに言葉を失くされたのでしょう」

リシャールはその言葉を否定しなかったけれど、肯定もしなかった。

「さあ、行こうか」

そしてそのまま、馬車へ乗り込んだ。

「とても美しいから、他人に見せるのが嫌になったんだ」

彼は馬車の中で、思い出したようにポツリと言ったけれど、視線は私に向いていなかったし、ふて腐れたような言い方だったので、それが真実とは思えなかった。

私がそれほど美しいわけはないし、彼がそんなことで拗《す》ねるとも思えないもの。

気を遣ってくれたのだろう。

「今日はあまり長居をしたくないので、挨拶が済んだら早々に退出しよう」

「失礼になりません？」

「向こうもわかっているさ」

「ライアンから、おりあいが悪い家だと聞きましたが……」

「おりあいが悪い、か。そうだな、面倒なことが色々ある家だ」

「その理由の説明は、『いつか』ですか？」

私が尋ねると、彼は、すこし困った顔をして頷いた。

「そうだな。もう少し君が今の状況に慣れてから、だな」

「私、まだ慣れていないように見えます？」

「少し、ね」

勉強不足だから、まだ教えられないということ？

先日の『いつか』も、同じことなのかしら？　私がもっと色々なことを学べば、教えてくれるの？

それならもっと頑張らなくちゃ。

そうこうしている間に、馬車は目的地へ到着した。

郊外に構えられたグレナン公爵のお屋敷。

大きな屋敷もだいぶ見慣れてきたと思っていたけれど、公爵のお屋敷はその中でも群を抜いて巨大で豪華だった。

多くの馬車が詰め掛けているのに、混み合った印象がないのは、馬車停めに十分な広さがある証拠だ。

さすが内務大臣のお屋敷だわ。

馬車回しは、篝火《かがりび》が多く焚《た》かれ、まるで昼間のよう。

「無駄遣いだ」

いつもはそんなことは言わないのに、珍しくリシャールが毒づいた。

本当におりあいが悪い、というか仲が悪いのね。

公爵側の対応も、それを窺わせるものがあった。

「タイレル男爵様でいらっしゃいますね。申し訳ございませんが、子爵男爵の方はあちらからお入りください」

招待状を送ってきたのだから、リシャールが公爵家の跡継ぎであることは知っているはずなのに、そういう分け方をさせるなんて。

でも、彼はそんなことは気にしていないようだった。

「おいで、ウィスタリア。あちらからだそうだ」

いつもと変わらぬ様子で私の手を取り、別の入り口へ向かう。

正面の華やかさからは少し落ちるが、ここもまたきちんと飾られた出入り口だった。

「私、華やかなことにはまだ慣れていませんから、こちらから入れてよかったですわ」

彼を気遣ってそう言ってみたけれど、リシャールは穏やかに微笑んだだけだった。やはり彼は気にしていなかったんだわ。

建物の中に入ると、こちらも豪華な装飾と美術品の山。詰め込み過ぎと思うほど、壁にも棚にも様々なものが飾られ、その傍らには警備の人間が立っている。

盗難や損傷の予防のためなのだろうけれど、ゆとりがない感じだわ。そんなに気にするならゴチャゴチャと飾らなければいいのに。

その廊下を進むと、大広間の下手の出入り口に着いた。

呼び出しもないまま、大広間の中へ入る。

人は多かった。

でもざっと見たところ、数少ない知り合いを見つけることはできなさそうだわ。

「知らない方が多いわ」

「今までは、私の知り合いのパーティばかりだったからね。似たようなメンバーが多かったが、今回は……」

「反対勢力側、ということね？」

「ライアンが言ったのか？」

「貴族にはそういうものがあるのだ、と」

「うむ、まあそうだな。だから近づいてくる者の態度も、あまりよくはないだろう。君には居心地が……」

「これは、これは、タイレル男爵殿」

彼がそう言いかけた時、一人の男性が近づいてきて彼の名を呼んだ。

クセのある黒髪の、大柄な男性はいかからも親しそうにリシャールの隣に立った。

でもリシャールの顔に笑みはない。

「どうも」

返事もその一言だけだ。

「愛想がないな。久しぶりの邂逅《かいこう》だ。もう少しにこやかにしたらどうだ？」

「生憎《あいにく》、君に振《ふ》り撒《ま》く愛想の持ち合わせがなくてね。そんなものを期待して招待したのなら、早々に帰らせてもらうよ」

招待、ということはこの方がグレナン公爵？

でもリシャールと歳《とし》は近そうだし、あちらもご子息なのかしら。

「期待したのは君の婚約者さ。女性から逃げ回ってたリシャールが婚約したそうじゃないか。是非お会いしたいと思ってね」

「女性から逃げ回ってなどいない」

「で、噂の婚約者殿はどこだい？」

そう言って、男性は周囲を見回し、私を見た。

「これは……、美しいお嬢さん、今晩は」

「今晩は。初めてお目にかかります。私は……」

「ああ、そういうことか。君も随分と酷なことをするな」

彼は、私の言葉にかぶせるようにリシャールに向けて皮肉な笑みを浮かべた。

「酷なこと？」

「君のお相手はデルマン侯爵の息子に婚約破棄を言い渡された、地味な伯爵令嬢だってことは知ってる。何がよくてメリットも美しさもないそんな女性と婚約したのかと思っていたが、あれは単なる噂だったんだな」

得意げに話し続ける彼の前で、リシャールの顔が険しくなってゆく。

それを知ってか知らずか、彼は更に続けた。

「もし実際その女と婚約していたとしても、もうすっかり飽きてしまったんだろう？　だからこんなに美しい女性を連れ歩いてるわけだ。せっかく色々画策したのに。どこの令嬢かは知らないが、こちらの女性はお前にはもったいないくらいだ。どうです、お嬢さん、こんな男ではなく、私とお付き合いしませんか？」

手を伸ばし、彼が私の手を取ろうとした時、リシャールがその手を払い退けた。

「タイタス、彼女に触れるな」

「いいじゃないか。お前のような面白みのない男より、彼女は私の方が好みかもしれないぞ」

もう一度伸びてきた手を、今度は軽く叩き落とす。

「彼女は私の婚約者だ。みだりに触れるなと言っている」

「婚約者？　今度はどこの誰と婚約したんだ？」

リシャールは私と、タイタスと呼んだ男性との間に立った。

「正式に紹介しよう。彼女はエルディア伯爵令嬢、ウィスタリアだ。今度も何も私の婚約者は彼女一人だ」

「エルディア……？　じゃこの女性が噂の……？」

「ウィスタリア、こちらはグレナン公爵の息子、タイタスだ。だが覚える必要もない」

言葉に隠しようのないトゲを含ませて、紹介される。

たとえリシャールが気に食わない相手だとしても、私が非礼をするわけにはいかない。

改めて、深く礼をして自ら名乗った。

「初めてお目にかかります。ウィスタリア・エルディアでございます」

「いや……。噂とは何といい加減なものか。私が聞いた話では、デルマンの息子の婚約者だった女は、失礼、女性は、地味で陰気で不美人だと。まさかこれほど美しい方とは思いませんでした」

「いいえ、噂は間違っておりませんわ。私は地味で陰気で、さして美しくもない娘ですもの」

「ご謙遜を。リシャールなどに渡すには惜しい美しさだ。あなたなら、臣民も崇《あが》め奉《たてまつ》りたくなるでしょう」

変な褒め言葉ね。

それに、態度がガラリと変わったわ。

本人を目の前にしては悪態もつけないわけね。

「伯爵令嬢では身分が低いがそんなものは何とでもなります」

「タイタス」

リシャールが制すると、タイタスはリシャールを見た。

「伯爵令嬢のままで結婚するつもりか？　それもありだろうが、レースで後れをとるぞ。それとも、もう争いから逃げ出すつもりか？」

「争いなどない」

「確かにお前が一番椅子に近いが、私だって血縁としては……」

「タイタス！」

リシャールらしからぬ大きな声が響く。

「いい加減にしろ。彼女を愚弄した謝罪もせずに、さっきからくだらない話をベラベラと。君が貴族としての礼儀を知っているのなら、まずするべきことがあるのではないのか」

「私に、伯爵令嬢ごときに頭を下げろ、と？」

ムッとしたタイタスに向かって、リシャールは言い放った。

「私の婚約者だ」

その言葉が、嬉しい。

たとえどのような悪い噂が流れていたとしても、リシャールがわかってくれているのなら、それだけでいい。

「リシャール、もういいわ」

「ウィスタリア」

「タイタス様が私を悪く言ったのではなく、この方はただ噂を口にしただけ。噂など、誰が言い出したかわからないものに謝罪は必要ありませんわ。それに、私は本当に地味で陰気だったのですもの」

「君は誠実で勤勉なだけだ」

「いいえ、私、自分をよくわかっていますわ。ですから、タイタス様には私を美しいと褒めてくださってありがとうございます、と言うべきでした」

「……ウィスタリア」

　リシャールは私を軽く抱き寄せて額にキスをした。

「君は本当に優しい女性だ」

「どうかな。それは芝居かもしれないぞ。君の妻になるということは……」

「もういい。私を公爵のところへ案内してくれ。挨拶だけはさせてもらう。それが終わったら、失礼させてもらう」

　私にキスした時は優しい目をしていたのに、また険しい顔になってリシャールはタイタスの首に腕を回してガッチリと押さえ込んだ。

「リシャール、何を……！」

「いいから来い。ウィスタリア、君はここで待っていてくれ。他の男と踊ったりしないようにな」

「あ、はい……」

「苦しいだろう、放せ」

「うるさいな。騒ぐと人目を引くぞ。みっともなく暴れる姿を人に見られていいのか？」

「みっともないと思うならこの腕を放せ」

　二人はそのまま会場の上手に向かって去って行った。

おりあいが悪い、のよね？

でもまるで兄弟ゲンカみたいだわ。

ライアンが敵対と言わずおりあいが悪いと言ったのも、こういうことかしら。苦手意識があったりライバル心があって仲良くはなれないけれど、嫌いじゃない、とか？

心配する必要はなさそうね。

それより、心配なのは私自身だわ。

今日はずっとリシャールが側にいてくれるものと思っていたのに。

見知らぬ人々の中に一人で置いていかれて、心細くなってしまう。

公爵家の体面のために豪華な装いをしたけれど、一人になると似合わないのでは、と不安になってくる。

周囲の人々も、チラチラとこちらを見ているような気がする。

どこか、人目につかないところへ行った方がいいかしら？　でもリシャールはここで待つようにと言ったし。

動くに動けず戸惑っていると、突然目の前に意外な人物が立った。

「ウィスタリア」

クラックスだ。

「久しぶりだな」

「ええ……」

彼は当然のように私に近づいてきて、手を取ろうとした。

「困ります」

思わず身を引くと、彼は意外だという顔をした。

「何故？」

「私とあなたはもう関係のない人間です。そして私には婚約者がいるのよ。あまり親しげにされては困るわ」

「あの男爵か。あの男はどこにいるんだ？　一緒じゃないのか」

「今はご挨拶に行っています」

「グレナン公爵に？　公爵があの男に会ってくれるかな」

クラックスはリシャールが公爵家の跡取りだと知らないのだわ。

「それより、君に謝罪したいことがある」

「謝罪？」

また近づいてきたので身構えると、彼は足を止めた。

さっきのタイタスと違って、クラックスは短気なところもあるけれど礼儀正しい人だから、私が嫌がってると察して距離をとったまま止まった。

「婚約破棄のことだ」

「それはもう終わったことだわ」

「あの後、あの男の言葉を聞いてガーベラに問いただしたんだ。彼女が自分でドレスにワインをかけたのを見たと言う人物がいる、と。最初はシラをきっていたが、きつく問い詰めたら白状したよ。自作自演だった、と」

あのガーベラが自分の罪を認めたなんて。随分きつく言ったのね。

「ガーベラは……？　今日も一緒なのでしょう？」

「いいや。彼女とはもう別れた」

「別れた？　妹と婚約したのではないの？」

「婚約はしていない。これからもするつもりもない」

「どうして？」

「彼女の嘘に気づいたからだ。冷静になってよく考えてみれば、君の所業は全て、ガーベラと伯爵夫人から聞かされたものばかりだった。悔しいが、あの男の言う通りだ。私は君から話を聞くべきだった。そのことを君に謝りたい」

クラックスはその場で頭を下げた。

「すまなかった」

「まあ、頭を上げて。あなたが悪いわけじゃないわ」

慌てて私の方から彼に近寄り、その手を取って頭を上げるように懇願する。

すると彼は私の手を捕らえて、握り返してきた。

「クラックス様。手を放してください」

「ウィスタリア、君だけが私の婚約者だ」

「止めて。あなたはご友人達の前で私との婚約を破棄すると言ったじゃありませんか」

「それを撤回する」

「私はもうリシャール様と婚約したのよ」

「私のことが嫌いになったのか？　怒っているのか？」

「怒ってはいませんし、嫌いというわけではありません。でも……」

「ならばあんな男爵などではなく、私と結婚するべきだ」

「いまさらそんな……」

「私の婚約者から離れたまえ、クラックス殿」

戻ってきたリシャールの声がする。

リシャールは、足早に近づくと、私の手を握っていたクラックスの手を強引に外した。

「人の婚約者に手を出すとは感心しないな」

「そのセリフはそっくりそのまま返そう。君こそ私の婚約者の前から立ち去りたまえ」

二人は正面から睨《にら》み合《あ》った。

「私の婚約者？　君は彼女との婚約を公衆の面前で破棄したのだろう？」

冷たいリシャールの声。

「あれは誤解だった」

「誤解ではない。君が愚かだっただけだ」

「愚かだと？」

「物事の本質を見極める目がなかったのだ。彼女の健気《けなげ》さも、美しさも、気づかなかった。あの家で彼女がどんな目に遇《あ》っていたか、想像もしなかったのだろう？」

声高ではないが、二人の言い争う姿に視線が向けられる。

「リシャール、そのことはいいのよ」

私が留めても、リシャールは続けた。

「貧しくはない伯爵家で、妹は派手なドレスで母親に連れられて遊び歩き、彼女は粗末なドレスで一人図書館通い。それを不思議とも思わなかったのだろう？」

「……伯爵家自体が、彼女を虐《しいた》げていた、と？」

「おや、初めて気づいたのか？　愚鈍なことだ」

愚鈍、と言われてクラックスの顔色が変わった。

「察しが悪かったのは認めよう。彼女が望んでしているのだと言われれば、それを信じるしかないだろう」

「彼女が望んでしている、と言ったのは誰だ？　君はそのことを不思議に思ったり、伯爵夫妻にウィスタリアにも新しいドレスを作ってやれとも言わなかったのだろう？」

「……他家の事情に踏み込むことは」

「彼女のために何もせずにいた者の言い訳だな」

どうしたのだろう。

リシャールは随分と攻撃的だわ。

「……貴様の言うことには一理はあると思う。だが私はもう気づいた。これからは彼女のために尽力するつもりだ。だから、彼女を返してもらいたい」

「ハッ！　何を言い出すのかと思ったら。自分がどれほどのことをしたのか本当にわかっていないようだな」

「何だと？」

「君がしたことで、彼女には『婚約を破棄された女性』というレッテルがついてしまった。君が愚鈍だったのが理由であって、彼女には何の非もなかったのに」

「だ……、だから、その私が婚約者に戻れば、彼女への非難も止むだろう」

「既に彼女は私の婚約者だ」

「男爵風情が、私は侯爵だぞ」

「侯爵家の息子、だろう？　まだ爵位は継いでいないはずだ」

「だとしても、いずれは侯爵位を継ぐ。君よりは格上だ」

クラックスは威張るように胸を張った。

「たかが男爵が私に逆らうのは、身分知らずというものだ。私が命じるのだから、君はすぐにウィスタリアから離れたまえ」

いけないいわ。

クラックスは彼が何者だか知らないのだわ。

「まだ手にもしていない爵位をカサに着るとは、本当に愚かだな」

「貴様！　私をバカにするのもいい加減にしろ！」

クラックスが声を上げてリシャールにつかみ掛かろうとしたので、私は慌ててリシャールの前へ出た。

「待って、クラックス様」

そして彼の腕を取ると、その場から引っ張った。

「リシャール、少し待っていて。彼と話があるの」

「ウィスタリア」

「少しだけ」

と言って、物陰へクラックスを連れ込んだ。

「ああ、ウィスタリア。やはり君は私を選んでくれるのだな？」

「いいえ。違います」

喜んで抱き着こうとした彼を両手で押《お》し留《とど》める。

「違う？」

「あなたのために忠告したいだけです。私も婚約してから知ったのだけれど、リシャールはタイレル男爵を名乗っているけれど、フルメリア公爵の跡取りなの。将来は公爵様なのよ。しかもお父様は宰相のお一人、彼にケンカを売ってはあなたの方が身分知らずと言われてしまうわ」

「……フルメリア公爵？」

「ええ。ここで言い合いをしているところを見られたら、あなたがお咎めを受けるかもしれないわ」

クラックスの顔が見る間に蒼《あお》ざめた。

そうでしょうね。相手が格下の男爵と思っていたから大きな態度でいたのでしょうけど、格上の公爵となれば、非はこちらにあることになるもの。

自分が侯爵の息子であると地位をひけらかした彼にとっては、爵位の違いは脅威となるのだろう。

「本当に？」

「そうよ。しかも、彼自身近衛騎士団の団長なのよ」

「だが……。そんなことがあるはずはない。君に務まるはずがない。君は私の妻になるべきだ。それぐらいで丁度いいはずだ。夢など見るな」

クラックスは凄い形相で私につかみ掛かった。

今度は押しとどめようとした手も、役をなさなかった。

「クラックス、離して」

「君は知らないのか？　フルメリア公爵というのは……」

「彼女から離れろ！」

待っていて、と言ったのに、現れたリシャールがクラックスを引き剝《は》がした。

「クラックス・デルマン、私の婚約者に触れるな」

そして、私を抱え込むようにして、クラックスを見ると、強い口調で命じた。

人に命じることに慣れている声。これが、騎士団の時の彼の姿なのだろう。威厳すら感じる。

相手が次期公爵とわかったからか、彼は悄然《しょうぜん》として身体を引いた。

「以後私の婚約者に近づくことを禁じる。君が自分で招いた結果を受け入れろ」

「あなたは……、本当にウィスタリアを娶るつもりなのですか？」

クラックスの言葉遣いも変わった。

「彼女は私が男爵だと思って婚約した。私が男爵のままでもよいと思っている。他に何も言うことはない」

「しかし……！」

　何か言いかけたクラックスを、リシャールが睨みつける。

　その一睨みで、クラックスは口を閉ざした。

「起こってもいないことを軽々しく口に出す必要はない。君が反省したのはよいことだが、もう彼女に付きまとうな。そして私のことを吹聴するなどという愚行は重ねるな。今の私はタイレル男爵で十分なのだから」

「……はい」

　私は社交界には疎いし、爵位というものにもあまり明るくはない。けれど男性にとっては、爵位の違いはこれほどまでに大きなものなのね。

　クラックスはもう反論することもなく、リシャールに礼をとった。

　まるで彼の部下のように。

「帰るぞ、ウィスタリア」

「え？　でもまだパーティは……」

「公爵への挨拶は済んだ。もうここにいる理由はない」

　リシャールは私の肩を抱くと、強引にその場から連れ出した。

　到着して、まだそれほど時間も経《た》っていないし、私自身は主催である公爵にご挨拶もしていないのに。

けれどそのことを咎めることはできなかった。

残されて、項垂《うなだ》れたまま立ち尽くすクラックスと反対に、リシャールは酷く怖い顔をしていたから。

怒っているのだわ。

誰に？

タイタス？　クラックス？　それとも私？

それすら聞けないまま馬車に乗せられ、私達は公爵邸を後にした。

馬車の中でも、彼は目を閉じて黙ったままだった。

馬の蹄《ひづめ》と馬車の車輪の音だけが響く重苦しい空気の中で、屋敷に帰り着くまで彼は一言も口を開かなかった。

ただの一言も。


「お早いお戻りで」

帰った私達を迎えたライアンは、驚きを隠さぬ様子で言った。

「何かトラブルでも？」

「大したことはない。あの家に長居をしたくなかっただけだ」

「然様ですか」

無愛想なリシャールの返事に動じることなく、ライアンはすぐにいつもの執事然とした態度に戻る。

「お食事はいかがなさいますか？　あちらでは何もお召し上がりにならなかったのでしょう？」

「あの家でものを口に入れると思うか？」

「では支度させていただきます」

「まだいい」

「では、支度ができましたらお知らせいたします」

ライアンにとって、彼がグレナン公爵邸に行った後にこのような態度になることは想定済みらしい。

ということは、やはり怒っているのはタイタスにかしら。

「私が呼ぶまで控えていろ。誰も奥に近づけるな」

「かしこまりました。ではそのように」

「来い、ウィスタリア」

逃がさないぞというように、彼はまた私の肩を抱いて奥へ向かった。

私達が話をするのは、いつもティールームだった。

彼が私の部屋を訪れることはなく、私が彼の部屋に呼ばれることもない。

私達はまだ夫婦ではなく婚約中なのだから、それが当然だ。

けれど今、彼が私を連れて行ったのは、彼の私室だった。

「入れ」

まだ命令口調が抜けていない。

いつもならもっと優しく『入りなさい』と言うだろうに。

戸惑いながらも中へ入ると、そこは落ち着いた雰囲気の部屋だった。

壁一面の本棚、大きな机、人を待たせるためなのか大きな長椅子とテーブルがその正面に置かれている。

色調はダークブラウンで統一され、テーブルの上に置かれた小さな花生けに咲く白いバラだけが妙に浮き上がって見える。

装飾は少なく、書斎というより執務室のようだ。生活感があまりない。

隣へ続く扉があるから、あの向こうが彼の寝室なのだろう。

「座れ」

と命じられて、私は示された長椅子に座った。

「どういうつもりだ」

隣に腰を下ろしたリシャールの第一声はそれだった。

「どういう……？」

「あの男とヨリを戻したいと思ったのか？」

「あの男？　クラックス様のことですか？」

「他に誰がいる？」

変わらぬ強い口調。

彼が怒っているのは……、私？

「何故私を置いてあの男と話をしようと思った？　彼に婚約破棄を取り消すと言われて心が動いたのか？」

「そんなまさか」

「ではどうして私の前で話さなかった。私に聞かれてはまずいことがあったんじゃないのか？」

「違います」

「君は私の婚約者だ。他の男と自ら二人きりになることは許さない」

私を見る彼の目に、怒りが見える。

「二人きりだなんて、少し離れただけですわ」

「何故離れなければならなかった」

「それは……」

「私の婚約者としての自覚が足りない！」

怒鳴られて、身が竦《すく》む。

こんなリシャールは初めてだわ。

「君はもう私のものなのだ」

縮こまっている私の顎を取ると、彼は突然口付けてきた。

前の、一度だけしたキスとは違う。

激しく強引な口づけ。

私の意思など関係なく、彼が望むままに奪うキスだ。

舌はためらうことなく私の口腔《こうこう》に入り込み、私の舌を嬲《なぶ》った。

「ン……」

彼の両手が私の肩を捕らえ、その場に縫い留める。

嚙《か》み付《つ》くように、食《は》むように、大きく口を開いて私の唇を奪う。

婚約者に恥をかかされた、と怒っているの？　彼の言う通り、公式の場で私が他の殿方と二人きりになろうとしたから。

あの時、二人の言い合いに周囲の視線が向けられていた。

その中での私の行動は彼を傷つけたのかも。

このキスは罰？

だって彼は私を愛しているわけではないのだもの。

私がキスには慣れていないと知っているから、辱めるためにしているの？

リシャールにキスをされることを望んではいた。

でもそれは愛されてされるキスだ。

これは……、怒り？　独占欲？　いずれにしても愛ではないはずだ。

それなのに、心の片隅に喜びがあった。

けれどそれはキスだけ。

彼の唇が喉元に移動し、腕をつかんでいた手がそのまま長椅子に押し倒してくると、私は慌てた。

「リシャール……！」

「君は私のものだ」

手が腕を放してドレスの上から私の胸に触れる。

「止めて」

「何故拒む。私と結婚するんだろう？　それとも、あの男に顔向けができなくなるとでも思っているのか？」

「クラックスとは何でもありません」

「だが君は私を置いてあの男と行った」

「少し離れただけです」

ドレスの肩が落とされる。

私の抵抗など力強い彼の前では何の役にも立たない。

唇は、剝《む》き出しの肩に触れた。

右手は胸にあったが、左の手がドレスのスカートをたくしあげる。

この先へ進む気なのだ。

そう思った瞬間、私は無駄と知りつつもう一度強く彼を押し戻した。

「リシャール、お願い！　私の自尊心を傷つけないで……！」

「自尊心？」

「愛されて抱かれることができないのなら、せめてこういうことはちゃんと結婚してからにして。でないと……、私は慰み者になってしまう……」

結婚という儀式を経て行為に及ぶのなら、それは夫婦としての行為になる。愛し合っていれば、愛情故の行為と言える。

でも愛もなく、公式な関係もないまま身体を求められるのは、単なる欲求のはけ口としか思えない。

今は、怒り故の暴力だわ。

「どういう意味だ」

彼の手が止まった。

「君が私を愛していないのはわかっている。君にとって私は救済者に過ぎないと。だが私が君を愛していないと言うのか？」

涙で揺れる視界に、不思議そうな彼の顔。

それが戸惑いに変わり、手は私の零れた涙を掬《すく》った。

「愛していると……、言われたことはありませんもの……」

「それは……」

「あなたの愛が他所《よそ》にあることも、知っていますもの……」

「他所にある？」

いつか、彼の方から言ってくれるだろうと待っていたけれど、我慢ができずに自分からその事実を口にしてしまった。

「あなたが……、離れに愛妾《あいしょう》の方を住まわせているのを、知っています」

「何？」

「とても……、美しい方でした」

「エリザがそう言ったのか？」

「エリザと言うのね、あの方は。いいえ、一度遠くから見かけて、もう一度は出会い頭に逃げて行かれました」

リシャールは身体を起こして私から離れた。

「いいんです。あなたは友人である私の窮地を救おうとして婚約してくださったのでしょう？　エリザさん？　あの方と結婚できないのなら、誰と結婚してもいいから」

真実を語られて、彼の表情が強ばってゆく。

「あなたが私に求めるのは、公爵夫人という地位に相応しい女性。それでもいいのです。頑張って、あなたの求めに応えられるようにします。結婚したら……、あなたの慰めにもなります。でも今は嫌です。私を……、ただの感情のはけ口にしないで……」

「感情のはけ口……」

彼が動かなくなったので、私は身体を起こすと椅子から立ち上がった。

「今夜のことは忘れます。あなたも忘れてください。私がクラックス様と離れたのは、彼があなたに酷いことをしないように、注意するためです。あなたが公爵様の跡継ぎと知らないから、あなたを悪し様《あしざま》に言っていたから、それはいけないと忠告しただけです。彼のことは嫌いではありませんが、愛してはいません」

「ウィスタリア……」

リシャールが私に手を伸ばしてきたので、私はそのまま扉へ向かって走った。

「おやすみなさい」

「ウィスタリア！」

扉を開けて外へ出る。

そのまま走って自分の部屋へ向かった。

部屋に入るとすぐに扉にカギをかけたけれど、彼が追って来る気配はなかった。

……言ってしまった。

彼が話してくれるまで待とうと決めていたのに。

だって、あまりにも悲し過ぎたのですもの。

優しく接してくれた彼が、一時の怒りで私を求めるだなんて。愛する女性がいるのに身体だけを求めてくるなんて。

彼を愛しているから、彼の一番ではなくてもいいと思った。

彼を愛しているから、欲望や感情のはけ口として扱われたくなかった。

「う……っ」

初めて、私は声を上げて泣いた。

実家でどんな仕打ちを受けようとも涙など流さなかった。家を離れる時に、わずかに涙は浮かんだが、声を上げることなどなかった。

でも今は……。

この家でも、涙ぐむことはあっても、声を上げて泣くことはなかった。

悲しくて、悲しくて、溢れる気持ちを抑えることができない。

リシャールにとって自分が、八つ当たりの対象程度でしかなかった。怒りをああいう形でぶつけられるとは思わなかった。

何より、私がエリザさんのことを知っていると言ってしまったから、彼は気まずさからもう私に近寄らなくなるかもしれない。

心だけでなく身体も、彼は私と距離を置くようになるだろう。

婚約の破棄を言われるかもしれない。

そう思うと、涙が止まらなかった。

「リシャール……」

どんな形でも、彼の側にいたいと思うほど、彼を愛していたから……。


その夜、夕食を知らせに来たリタに、私は体調が優れないから今日は何もいらないと答えた。

彼女はとても心配してくれたけれど、少し横になれば明日にはよくなると思うわと言って着替えだけ手伝ってもらって早々にベッドに入った。

目が赤かったこと、気づかれてしまったかしら？

でも言い訳は何とでもできるわ。

タイタスには悪いけれど、彼に悪く言われたのが悲しかったのだ、と言ってしまうこともできる。

もし理由を訊かれたらそうしようと思って身構えていたけれど、リタは何も言わずに下がってくれた。

ベッドに入っても、考えるのはリシャールのことばかり。

彼は今、どこにいるのだろう？

エリザさんのところ？

私と会ったことを問いただしている？　それとも、疲れた心を癒やしてもらっている？

もしかしたら、『愛妾などではない』と即座に否定してくれることを期待していたけれど、それをしなかったのだからそれが事実なのだわ。

ああ、ダメ。

何も考えてはいけない。

全て忘れてしまわなければ。

明日の朝になったら、何もなかったように振る舞わないと。そして私はお役目を果たすために努力しますと言わないと。

愛がなくても、必要として欲しい。

せめてそばにいる理由が欲しい。

二人の幸せを祈るから、私をここに置いて欲しい。

激しいキスの余韻が、肩に触れた唇の感触が眠りを妨げる。

何度も寝返りを打ちながら、零れる涙を拭いながら、何とか眠りに落ちたのはもう真夜中だった。

翌朝も、いつものようにリタが私を起こしに来る少し前に目が覚めてしまった。

「あまりよく眠れなかったようですね」

ベッドの上に身体を起こしてボーッとしている私に、彼女が声をかける。

「……ええ。でももう大丈夫よ」

大丈夫。

そうよ、大丈夫よ。

一番酷かった時のことを考えましょう。

家族にすら認めてもらえず、冷たい仕打ちを受け、人前で婚約破棄を言い渡されたことを思えば、愛する人ができて、何不自由のない生活を送る今は幸福なのよ。

私は大丈夫。

「本日はこのドレスにいたしましょう。旦那様から、今日は少し地味な装いにするように言われましたので」

リタが用意したのは、紺色の飾りの少ないドレスだった。

地味な装い……。もう、リシャールは私に興味をなくしたのかしら。着飾る必要などない、と言うのかしら。

でもいいわ。元々そういう格好ばかりしていたのだもの。

重い色のドレスに着替えて食堂へ向かうと、リシャールは既に席についていた。

「遅れまして」

「いや」

いつもなら『おはよう』と頰にキスをくれたのに、今朝はそれもない。

「今日は私に付き合ってくれ」

「乗馬のレッスンが入っていますが……」

「それはもう断った」

「わかりました」

もう私は学ぶ必要がない、ということ？

彼の妻にもなる必要はないというの？

何の説明もなく、朝の会話はそれだけで終わり。

いいえ、会話がないのは私とだけ。ライアンとは言葉を交わしていた。

「旦那様、あまりお怒りになりませんように」

「怒ってはいない」

「お顔が怒ってらっしゃいます」

「我儘《わがまま》を諫めるだけだ」

「ではお言葉に気を付けて」

まだ私に怒っているのだろうか？

私が自尊心などと言って彼を拒んだことを、我儘だと思っているのだろうか？

何も言わないまま黙々と食事が終わり、食後のお茶をいただくと、彼は立ち上がった。

「ウィスタリア」

「はい」

「一緒に来なさい」

「はい」

今日は『来い』ではないのね。怒りは収まったのかしら？　それとも他人行儀になっただけ？

不安が胸を締め付ける。

彼が何をするのか、何を言われるのか、わからなくてドキドキする。

前を歩くリシャールに着いて行くと、彼は玄関へ向かった。

「外に行くのですか？」

尋ねると、彼は足を止めて振り向いた。

「外ではない。離れだ」

離れ……。

エリザさんのところ？

「君に言いたいことは色々とある。言いたいというより説明したいこと、か。だがどんな言葉で言うよりも、直接見た方が早いだろう」

二人の仲睦《むつ》まじい姿を見せつけるつもり？

身体が強ばって足が止まる。

すると彼は戻ってきて私の肩を抱いた。

昨夜のような強引さはなく、そっと添えるだけのように。

「君が不安に思うことは何もない、とだけ言っておこう」

私の不安がどんなものだか知っているの？

「大丈夫です。ご一緒します」

震える足を何とか動かして歩き始める。

外へ出ると、庭は変わらず美しかった。

迷いなく進む彼と共に、木々の間を縫って真っすぐに離れへ。

男爵邸とくらべると可愛らしい印象のその館《やかた》では、一人の老女が私達を迎えた。

「エリザは？」

恐らく侍女頭であろうその女性に彼が声をかける。

「お部屋にいらっしゃいます。ですがリシャール様、そちらの方は……」

老女はもの言いたげに私を見た。

「一緒に行く。エリザに会わせる」

「それはお止めください」

「私が命じる。そこを退け」

「リシャール様」

「甘やかすな。これ以上は我儘だ」

「ですが、そちらの方とお会わせすればお嬢様のお気持ちが……」

「彼女が誰だかわかっているだろう。この先ずっと会わせずにいるつもりか？　もう一度言う、そこを退きなさい」

今度は穏やかではあるが確固たる命令だった。

老女は諦めたように項垂れ、「かしこまりました」と小さく呟《つぶや》いた。

館の中に入ると、心配そうにこちらを伺っていたメイドの一人に彼女が声をかける。

「アン、リシャール様をお部屋へ」

「はい」

命じられたメイドは飛び上がるようにして返事をし、私達を案内してくれた。

可愛らしい館だわ。

とても女性らしい、小鳥と花の意匠があちこちに施されている。掃除も行き届いているし、飾られた花も朝一番で摘んできたものだろう。

ここに住まう主は、とても大切にされているのね。

侍女頭の女性が私を怪訝《けげん》な様子で見たこともそう。普通、貴族に仕える使用人は愛人とか愛妾という類いの女性をよく思わないものだが、彼女は明らかにエリザさんの側に立って私を見ていた。

きっと、容姿だけでなく心根も素晴らしい女性なのね。

その方と会わなければならないのだ。

「お嬢様、リシャール様がおいででございます」

メイドが部屋をノックする。

「リシャール？　どうぞ」

鈴を転がすような声が聞こえる。

「お前は下がりなさい。私が呼ぶまでこちらには人を近づけないように」

「あの……、お茶は？」

「呼ぶまで待て」

「はい」

メイドがそそくさと立ち去るまで待って、リシャールが扉を開ける。

「いらっしゃい。こんなに早くからどう……」

部屋の一角が温室のようにガラス張りになったその部屋には、あの美しい黒髪の女性が長椅子に座り、刺繍をしていた。

「……キャアァ！」

そして彼女はまたも私を見て悲鳴を上げ、走りだすと窓辺のカーテンの中に隠れてしまった。

「どうしてその方を連れてらしたの！　酷いわ！」

カーテンの中から非難の声が飛ぶ。

「エリザ、出て来なさい」

「出て行けるわけがないでしょう。わかってるクセに」

「出てきなさい。お前は挨拶もできないような無礼な娘なのか？」

お前……。

とても親しい呼び方に胸が痛む。

「……リシャール、彼女が嫌がるなら私は出て行くわ」

耐えられなくて、彼の肘をつまんで言うと、彼は私の手を軽く叩いてからゆっくりとカーテンにくるまった彼女の方が近づいた。

「エリザ」

「失礼なのはわかってるわ。でもそんなに美しい人を今の私の前に連れてこなくたっていいじゃない。リシャールの意地悪」

「意地悪じゃない。今まで父上と母上がお前を甘やかし過ぎた。私もだ。お前が嫌がるから、ずっとその存在を彼女には黙っていた。だがそのせいで彼女は私が離れに愛人を囲っていると誤解したのだぞ」

誤解……。

「確かに、紹介もされない若い娘が敷地内に住んでいては、そう考えるのもわかる。そのせいで私が婚約を解消されたら、お前のせいだからな」

「それはダメ！」

リシャールの言葉に、彼女はそうっとカーテンの隙間から顔を半分覗かせた。

「違います。私はリシャールの愛人なんかじゃありません」

「その格好で挨拶するつもりか」

「うるさいわね、出て行けないのはわかって……！　リシャール！」

彼はカーテンを無理やり開いて、中からエリザさんを引きずり出した。

「やめて！　離して！」

「リシャール、乱暴なことは……」

まさに首根っこを捕まえたという状態で、彼は彼女を私の前に押し出した。

「エリザ・フルメリア。これは私の妹だ」

「妹？　あなたに妹さんがいるなんて、誰も教えてくれなかったわ！」

驚いて彼女を見ると、彼女は両手で自分の顔を隠した。

「本当です。私はリシャールの妹です。ちゃんと名乗ったのだから手を離して」

「ダメだ。全てきちんと説明するまで、お前も同席しているんだ」

「リシャール！」

彼はため息をついて、彼女を長椅子へ戻した。そして自分もその隣に座った。

それでも、エリザさんは顔を隠すのを止めない。

「座ってくれ、ウィスタリア。説明しよう」

「え？　ええ……」

勧められ、私は彼女達の向かいの椅子に座る。

「エリザは私の妹だが、見ての通り気が強くて我儘な娘だ」

「そんな……」

「礼儀にも欠けている」

「失礼よ！　私はちゃんとしてるわ！」

「将来の義姉に、ちゃんとした挨拶もできない娘が礼儀正しいと思ってるのか？」

言われて彼女は黙ってしまった。

「だって……」

と小さく呟いた声だけが聞こえる。

私の頭の中は混乱しきりだった。

この女性はリシャールの愛人ではない。彼の妹。でもどうしてそれなら誰もそのことを教えてくれなかったの？

どうして彼女は私を見るといつも悲鳴を上げるの？

何故今も顔を隠したままでいるの？

態度からして、私の存在を歓迎していない、というようには見えないけれど、どうして自ら名乗ってはくれないの？

「あの……、初めましてエリザさん。ウィスタリアです」

まず私から名乗ると、彼女は顔を隠したままそれに応えた。

「初めまして、ウィスタリア様。エリザです。お二人のご婚約を心から祝福いたします」

「私が……、お兄様の婚約者だとご存じなのね？」

「もちろんです。だからお会いしたくなかったんです」

「婚約に反対だから……？」

「いいえ！　兄が選んだ女性ですもの、心から歓迎しますわ。本当です」

「それならどうして……」

　私の疑問に答えたのはリシャールだった。

「疱瘡《ほうそう》だよ」

「リシャール！」

「一年前、エリザは疱瘡にかかったんだ」

「言わないでよ！」

　彼女は兄の口を止めようと抱き着いた。けれど彼はそれを押し戻して続けた。

「病気は大したものではなかったが、頬に疱瘡の痕が残ってしまってね。それまで自分の美しさを自慢するような娘だったから、耐えられなかったんだ」

「だって……、だって私はまだ結婚前なのよ？　こんな顔じゃ誰もお嫁になんてもらってくれないわ……」

　一番隠したかったことを言われ、彼女は抵抗を止め、泣き出した。

「こんな醜い顔で新しいお義姉様にお会いしたくなかったんです。何て醜い娘が妹になるんだろうって思われたら……」

　子供のように彼女は泣きじゃくり始めた。

　リシャールが刺繍の途中だったハンカチを渡したが、それで叩かれてしまった。

「秘密にしてって言ったのに……」

「お前の我儘をきいて秘密にしてやっていたら、私が疑われたんだ」

「そんなの、リシャールが悪いんじゃない。疑われるような人柄なのよ」

　と言ってまた彼女がリシャールを叩く。

「そんなわけで、エリザは公式の席に出なくなってしまった。それまでは私のパートナーとして色々出掛けたりもしていたのだが」

「それじゃ、一緒に観劇にいらした黒髪の女性って、エリザさんなのですか？」

「いつのことを言ってるのかはわからないが、私が観劇に連れて出た女性は母上とエリザだけだな」

「どうして私に教えてくれなかったんです？」

「今本人が言ったように、紹介されれば顔を合わせなければならなくなるが、この顔では君の前に出られないと我儘を言ったんだ。両親も、傷ついている娘が憐れだと思ってその願いを聞いてやっていた。だから君には知らされなかったんだ。特に、エリザはこっそり君を見たらしくてね、君があまりに美しいから余計に自分が醜いと思い込むようになってしまった」

「そんな……」

「ちなみに、母上が君と公式な場所に出向かないのは、実の娘が一緒にいられないのに他の娘を連れ歩いては余計エリザが塞ぎ込むと思ってのことだ」

まだ泣きながらリシャールに抱き着いているエリザさんは、幼子のようだった。

さっき思ったことは間違いではなかったのだわ。

この館の主を、使用人達は大切に思っている。

主家の娘なのだから当然かもしれないけれど、それ以上に彼女に愛らしさを感じているからだろう。

「口でいくら説明しても、一度疑われたら信じてもらえないだろうと思った。だから直接本人に会わせようと思ったんだ。これで私への疑いは晴れただろうか？」

昨夜、何も言い返さなかったのは、言葉ではうまく説明できないと思ったからなのね。

今朝私に地味なドレスを着るように言ったのは、きっと彼女を刺激しないためだったのだわ。

私は立ち上がると、エリザさんの下まで行き、しゃがみこんでリシャールにしがみついているその手を取った。

「エリザさん」

本当に顔を見られるのが嫌らしく、彼女が顔だけリシャールの胸に埋める。

でも手は払いのけられなかった。

「お顔を見せてください」

「……醜いのよ？」

「ほんの少し頬に赤いポツがあるだけだろう」

「リシャールにはわかんないのよ！　女性の顔がどれほど大切か」

私は取った手を優しく握った。

「私、今まで二度、あなたの姿を見かけました。一度は遠くからバルコニーでお茶をしている姿を、もう一度は先日お庭で遭遇しましたね。でもどちらの時も、私はあなたに疱瘡の痕があるなんて気づきませんでしたわ。とても美しい、きっとリシャールが愛するならこんな美しい方なのだろうと思ったんです」

「それは一瞬だったからよ」

「かもしれません。ですから、一度ちゃんと見せてください」

「……嫌いにならない？」

甘えた子供のような声。

何て可愛らしい人なのかしら。

「もちろんです。それより、疱瘡の痕を治す方法を幾つか知っていますので、それが効く程度のものかどうか確かめさせてください」

「治す方法……？　でも医者は化粧をすればわからなくなるから残っても大丈夫と言うだ

けだったのよ？」

「私は医師ではありませんから、治療はできません。でもご自分で治す方法は幾つかあるのです」

　エリザさんはそうっと顔を上げた。

「自分で治す？」

「はい。本で読んだのですが、人には自分で治そうとする力が備わっているのだそうです。その力を高める方法があるのです」

「そんなこと、できるの？」

「傷を負った時、医師が治療すればすぐにそれは塞がるでしょう。でも放っておいても傷口はやがて閉じます。そしてその痕も小さくなってゆきます。それは身体が元の状態に戻ろうとする力があるからです。リシャールが言った通り、その痕が小さなものならば、エリザさん自身の力で治せるかもしれません。ですからその程度を見せてください」

「でも……、医師は……」

「医師は自分ができることしか明言しないものと聞いています。病人本人の力で直るかもしれないなんて、知っていても言わないのかも」

　エリザさんはゆっくりと、本当にゆっくりとこちらを向いた。

　ああ、間近でじっくりと見れば、彼女はリシャールによく似ているわ。いいえ、お義母様にそっくりだわ。

「少し触れますね」

泣き腫らした目の下、赤く染まった頰に確かに小さな赤い斑《はん》がある。

私は図書館で読んだ本のことを思い出した。

何でも読み耽《ふけ》っていた時、薬草の本も読んでいた。あれに書いてあったことを。

斑は、どうやら表面だけのもので深く穴が開いているというほどではない。それでも、若いお嬢さんにとっては人生の一大事だ。

「これならば、薬草茶で何とかなるかもしれません」

「本当？」

彼女はパッとリシャールから離れ、私に向き直った。

「ええ。人の身体というものは、日々新しく作られているのだそうです。それを新陳代謝と言うのですが、浅い傷は本来身体にあるものではないので、その新陳代謝を繰り返してゆくと消えてしまうのです。エリザさんはまだとてもお若いし、その新陳代謝が盛んですから、働きを高めるお茶をいただけばきっとすぐに消えてしまいますわ。それに、今だってお医者様が言ったように、お化粧すれば全くわからないと思います」

「でも、旦那様になる方の前では化粧を落とすでしょう？　もしその時に傷物と言われたら……」

「そんな男は私が成敗してやる」

リシャールは、きっとこの妹が可愛くて仕方がないのだと、今の一言だけでもわかる。自分の存在を隠してくれ、なんて我儘も聞いてあげるくらいだもの。

「私、もう一度ちゃんと調べてみますわ。それからもっと綺麗に痕を隠すお化粧も探しましょう。旦那様になる方を探すのなら、家に引きこもってばかりいてはいけませんわ」

「一緒に……、探してくださる？　お薬も、お化粧も」

「もちろんです」

比べてはいけないと分かっているけれど、私に敵愾心《てきがいしん》を抱いていたガーベラよりも彼女はとても素直で愛すべき存在だった。

妹とは、本来こういう存在なのだろう。

「お義姉様って読んでもよろしい？」

「私はまだ……」

「もちろんいいに決まっている。お前を刺激したくないからと、両親も結婚の話に乗り気ではなかったが、お前が認めるならすぐにでも結婚式だ」

「私、反対はしてないわ！」

リシャールの言葉に、彼女が反論した。

「わかっていますわ。きっと、ご両親はあなたを悲しませたくなかったのでしょう。私も急《せ》かしてはいませんでしたし」

「どうして急かさなかったの？　婚約したならすぐにでも結婚したいでしょう？」

「私は……、リシャールの望むままにと」

婚約してもらえただけでも嬉しかったから。

その先に待っている結婚のことはあまり考えなかった。それは大きすぎる幸福だったし、またふいに消えてしまうものかもしれないと思ったから。

「そう。リシャールが甲斐性《かいしょう》無しだったってことね」

「お前に気を遣った、と言ってるだろう」

悪態をついた妹の額を、彼はツンと突《つ》ついた。

「さて、それじゃ我々は戻るか」

「もう帰っちゃうの？　一緒にお茶を飲みましょうよ。お義姉様とお話がしたいわ」

「さっきまで逃げ回っていたクセに」

「今は逃げていないもの。何だったら、リシャールは先に戻ってもいいわよ。お義姉様だけ残ってくれれば」

「お前の我儘には付き合わない。これからは私とウィスタリアの話し合いだ」

彼は立ち上がりしゃがみこんでいた私の手を取って立たせた。

「色々と話すことがあるから」

リシャールは、冴《さ》えた目で私を見つめた。

少し怖いほど真剣に……。


名残惜しむエリザさんを置いて男爵邸へ戻ると、彼はライアンに自分の部屋へお茶を運ぶように命じ、私を伴って部屋に入った。

昨夜と同じ、あの部屋だ。

座る位置も、昨夜と同じく長椅子に並んで、だった。

メイドがお茶を運んでセッティングし、出て行くと、彼はブランデーを垂らしたお茶を砂糖を入れずに一気に飲み干した。

「私は、君に愛されていると思えなかった」

そして口を開いた。

「君はクラックスと婚約し、彼と結婚するつもりだった。そうだろう？」

何も入れないお茶を手に取ったまま、私の動きが止まる。

「それは……、家の決めたことですから」

「彼を愛してはいなかった？」

「はい」

「それはまあ何となくわかっていたな。妹に取られても悔しそうにはしていなかったから。だが気持ちとしては、彼と結婚するつもりだった。一方の私はといえば、ただ図書館で過ごすだけの間柄で、家まで送ることさえ許されなかった」

「あの頃は、婚約中の身でしたから」

「そう。だから君を好きになっても諦めるしかないと思っていた。そんな時に、あの婚約破棄だ。チャンスだと思った。今なら、きっと君は私の求婚を受け入れる。私が男爵でしかなければ、エルディア伯爵家も認めてくれるだろう。だから、あの時、私はクラックスの誤解を解かずに見逃した。紳士であれば、出て行ってすぐに事実を告げるべきだったのに」

「驚かれたのでしょう?」

「いいや。誤解して婚約を破棄してくれと願ってだ。理由は君を手に入れるために、だ。もちろん、その行動が褒められたものではないとわかっていた」

「そんな、私はとても嬉しかったですわ」

「私が申し込んだから、君の名誉は守られた。婚約破棄をされた娘ではなく、婚約者が違っていただけだ、と。そして居心地が悪かったであろうあの家から出ることもできた。きっと、そのことに対して君は私に恩を感じただろう」

「それは……、そうかもしれません」

「うん」

彼は少し悲しげな顔になった。

「でもそれは、あなたが私を愛しているわけではないのに私に求婚してくれたからです。あなたはとても優しいから私を気遣ってくれただけだとわかっていたから」

「優しいから結婚相手を選ぶ、と？」

「だって……、私は殿方にとって全然魅力的ではありませんもの」

今でこそ、リタ達に美しく仕立ててもらっているけれど、あの頃は顔を隠した地味な娘でしかなかった。

とても騎士然とした彼が私を愛するなんて、考えられなかった。

「君は礼儀正しく、教養もあり、気遣いもできる女性で、髪を下ろしていても私にはその美しさがよくわかった。もしもクラックスとの婚約がなければ、すぐに求婚していただろう。私は君に恋をしていたんだ」

「……え？」

「驚かれるのは悲しいな」

苦笑されても、その言葉を簡単に受け入れることはできない。

「でも、一度もそんなことは……！」

「さっきも言った通り、自分が君の不幸に付け込んで婚約者の地位を手に入れたことがわかっていたからね。軽々に愛しているなんて言えなかった。その資格がない、と思っていた。君には、感謝されても愛されているとは思えなかった。恩返し、という言葉も聞いてしまったし」

「だからそれは……」

言いかけた私の唇に、彼が指を当てて言葉を止めた。

「過ぎたことを言い合ってもしょうがない。私達はこれから先の話をするべきだ」

そう言って、彼は椅子から降りて私の手からお茶のカップを取り、テーブルに置くと私の前に跪《ひざまず》いて手を取った。

「最初に、こうするべきだった。ウィスタリア嬢、私はあなたを愛しています。どうか私と結婚してください」

身体が震える。

これは現実？

今、リシャールが私を愛しているって、結婚してくださいって言ったわ。

「あなたが私を愛していなくても、愛してもらえるように努力します。ですからどうぞ私の妻に」

「愛していますわ……！」

『愛していなくても』と言われて、私はすぐに言い返した。

「私、ずっと……、図書館でお会いしていた時からあなたが好きでした。でも他の方と婚約していたから、そんなことを考えてはいけないと……。婚約を申し込まれて嬉しかった。ここへ来て、あなたのそばにいて、もう気持ちを抑える必要がないからあなたを愛したのです。心から」

人は、悲しい時だけ涙を流すのではない。

「愛しているから……、あなたに愛人がいてもそばにいたいと……。私に求められるものが公爵夫人の役目だけだとしても、それに応えることは恩返しだと。愛情を贈っても、他の方を愛しているあなたには迷惑だろうから……『恩返し』と思って……」

嬉しい時にも、涙は零れてくるのだ。

「今の言葉は本当か？　本当に君もあの頃から私に恋をしていたのかい？」

涙が溢れて声が喉に詰まってしまったので、私は黙って頷いた。

「私と結婚してくれる？」

「……ろん……、もちろんです……」

何とか答えると、彼は立ち上がってまた私の隣に座った。

手は握ったまま、そっと涙に口付ける。

「その気持ちはこれからずっと変わらない？」

「あなただけ、リシャールとしか結婚しません……」

「キスしても？」

今日は許可を取り、私が頷いてから唇を合わせた。

何て幸せなのだろう。

愛した人に愛されていた。

愛されて、結婚を申し込まれた。

そんなことは夢だと思っていたのに。

でも、こうして抱き締めてくれる腕の力強さは決して夢ではない。

短いキスが終わってからも、彼は私を胸に抱き寄せて、涙を流し続ける私の髪を優しく撫でてくれていた。

自分のハンカチで、そっと私の涙を拭ってくれた。

「なりふり構わず、もっと早く君に愛していると言っていればよかった。愛されていないのに、自分の気持ちを押し付けるのが怖かった。みっともないことだと思ってしまった。君の感謝につけこんで愛を得ようとしているようで」

静かに語る言葉。

「私は、あなたの優しさに甘えて、愛まで得ようとするのは浅ましいと思っていました。エリザさんのことを誤解してからは、やはり私なんかが愛されて求められるわけはない。

私は、結婚できない彼女の身代わりとしてあなたの補佐にまわるべきだと気持ちを切り替えていました」

「だから以前そのようなことを言っていたんだね？」

「だって……、どんな立場でもあなたのそばにいたかったから」

「嬉しい言葉を。それでは、君に甘えてみっともないことを願ってもいいかい？」

「あなたのお願いでしたら、何でも」

彼は私を離すと、目を合わせた。

「一度拒まれているが、ウィスタリアが私を愛してくれているというならもう我慢ができない。どうか、君に触れる許可を」

触れる許可？

今もこうして触れ合っているのに？

何故、と思った次の瞬間、私は言葉の意味を理解して顔が熱くなった。

昨夜、のことを言っているのだわ。

「もちろん、君に拒む権利はあるし、君の意志は尊重する。感情のはけ口と言われてしまうと辛いが、愛しいという気持ちで望むことは、決して『はけ口』などではないと誓おう。ウィスタリアを誰にも渡したくない。君が私のものだと感じたい」

「……もしかして、昨夜も同じ気持ちでしたの？」

問いかけると、彼は気まずそうな顔をした。

「昨夜は、クラックスに君を取られるのではないかと……。嫉妬したんだ。自信がなかったからね。あんな男に渡すものかという気持ちで手を伸ばした。だから昨夜のことは本当にすまなかったと思う」

嫉妬、彼が私のことでそんな気持ちになってくれていた。

ああ、もしかして、馬車の中で言った言葉も本当だったのかしら？　ドレスアップした私を褒めてくれなかったことを、他の人に見せたくないと言っていた言葉も。

「どうか、はしたない娘と思わないで。私……、今とても嬉しいと思っています。愛しているから求めると言われて、こんなに幸せなことはありません」

「ウィスタリア」

「どうぞ、あなたの望むままに。それは私の望みでもありますから」

私達、お互いに相手の気持ちを大切にし過ぎてすれ違っていたのね。

愛しているけれど、愛されるはずがない、と。こんなに愛しているのは自分だけに違いない、と。

本当。

私達はもっと早く気持ちを言葉にするべきだったわ。そして相手の言葉を怖がらずに、訊いてみればよかったのよ。

私はこうだけれど、あなたは？

その結果が望まないものであっても、それを受け入れる強さを持って向き合うべきだったのだわ。

「約束しよう。君だけが私の妻だと。そしてエリザの許可も出たことだ、結婚式は早急に行おう」

キスを一つくれて、彼は私を奥の部屋へ誘った。

結婚式よりも先に、私達が夫婦となるために。

互いの愛を抱き締めるために。


奥の部屋も、手前の書斎と同じように装飾の少ない部屋だった。

大きなベッドが一つあるだけで、他にはこれと言った家具もない。本当に眠るためだけの部屋なのだわ。

彼は私をエスコートして、そのベッドの上へ座らせた。

それからまるで姫に仕える騎士のように私の前に跪いてキスをくれた。

「後悔や戸惑いは？」

「微塵《みじん》も」

　私の返事を聞くと、彼は満面の笑みを浮かべた。

「私が君に惹かれた理由の一つに、その心の強さがある。君ならば、どんなことにも立ち向かってくれるだろう」

「どんなことにも？」

「私が男爵ではなく公爵だとわかっても受け入れてくれたように。愛人がいると誤解しても私への愛情を失わないでいてくれたように。この先何があっても、君はそばにいてくれるだろう。もっとも、公爵であることを伝えた時に泣かれたのは驚いたが」

「あれはあなたを失うのかと思って……。あなたがそばにいてくれるのなら、もうどんなことにも驚きません」

「だと嬉しいな。あと一つ、二つ、まだ話していないことがあるから」

「それが理由で私から離れてしまいます？」

「いいや。君が離れていかない限り。いや、たとえ君が逃げ出しても、追いかけて捕まえて、絶対に離さない。私は、こんな無体なことをしてしまうくらい、君を愛しているのだから」

　立ち上がり、彼が隣に座る。

「いつか、話してくださいます？」

「もちろん。そうだな……、いずれわかることだから、一カ月以内には全て話そう」

期限を言ってくれた。『いつか』ではなくなった。

「では待ちます」

「君にはいつも待たせてばかりだな」

「そんなことは……」

ないわ、と言う前に唇が塞がれる。

彼のくれるキスは、そのたびごとに違っている。

最初は甘く、私が初めてだと知った時には優しく、昨夜は荒々しいほど激しく、さっきはそっと。

そして今度のキスは丁寧で濃厚だった。

唇を合わせ、私の反応を確かめながら舌を入れてくる。最初は唇を濡らすようにやがて奥深くまで。

私の舌に舌を絡ませて、味わうように蠢《うごめ》く。

その間に、彼の手は私のドレスにかかった。

今日は地味なドレスをと言われていたので、家庭教師が着るようなボタンで留める前開きのドレスだった。

飾りやリボンもない。

なので、彼の手は簡単にボタンを外し、服の中へ滑り込んできた。

胸の膨らみにそっと触れる手。

壊れ物を扱うように、形を包む。

アンダードレスの上からでも、他人に触れられているというだけで心臓が跳ね上がる。

「ン……」

もう舌は十分に味わったというように、キスは首元に流れた。

同時に胸にあった手がやわやわと動き出す。

「あ……」

薄いアンダードレスごしに、指が先を挟んだ。

ゾクッ、とした感覚が走り抜ける。

逃げ出したいほど恥ずかしい。

でも、逃げることは拒むことだから、じっと我慢した。

我慢している間にも、彼の手で体温が上がる。

「ん……っ」

「抵抗されないでよかった」

「し……ません……。でも……」

手が止まる。

「でも？」

「恥ずかしいです」

彼は顔を起こして私を見た。

「真っ赤だ」

そして笑った。

その笑顔で、少し緊張が解《ほぐ》れる。

「立って」

「え？」

「ドレスを脱がせるから」

「あ、はい」

立ち上がると、既に肩を落とされていたドレスはストンと足元に落ちた。

身に纏うのは薄いアンダードレスだけ。

彼も、シャツを脱いでドレスの上に投げた。

逞《たくま》しい身体が気恥ずかしくて、思わず顔を背ける。

「ウィスタリア？」

「男の方の裸を見るのは初めてなので……」

「いいね。君の初めてはこれから全て私のものだ」

顔を背けたままの私を、彼はベッドへ横たわらせた。

もう一度キスから始まる愛撫《あいぶ》。

さっきよりも手は動きを速め、私の身体をまさぐった。

「あ……」

アンダードレスの前も開かれる。

手が中に滑り込む。

彼の手が、直に肌に触れる。

私よりも熱く、堅い掌《てのひら》が胸を包む。

包んだまま揉《も》みしだき、先を弄ぶ。

「あ……や……っ」

唇が耳朶《じだ》を濡らす。

耳元でキスをする音が大きく響く。

首筋に鳥肌が立った。

アンダードレスはどこまで開かれたのかしら？　怖くて下に目を向けることができない。

でも感覚は視界よりも如実に彼の行動を教えてくれていた。

胸を唇に譲って、手がスカートをたくしあげる。

唇は、まるで赤子のように私の胸を咥《くわ》え、吸い上げたり、舌で濡らしたりしている。

もう胸元を覆うものは何もないのだろう。

たくしあげられたスカートの中にも、手が入り込んでくる。

脚の、太股《ふともも》のあたりを上下する。

何度かさまよった後、手は閉じた脚の間に滑り込んだ。

反射的に膝を合わせて脚を閉じると、手は外側から腰に向かった。

「私……、お義母様から閨《ねや》の作法を教えられていないのです……。こんな時、どうしたらいいのでしょう？」

「何もしなくていい。全て私がする」

「そうなのですか？」

「そういうものだよ」

「あなたに触れなくても？」

手が止まった。

「それはまあ……、触れてくれれば嬉しいが」

戸惑う声。

「それならします」

「無理はしなくても」

「だって、嬉しいのでしょう？」

「……何も教えなかった義母君に感謝だな。では手を伸ばして」

私は下を見ないまま、手を伸ばした。

「男性の性器についてはわかっている?」

性器、という言葉にまた顔が熱くなった。

「美術品などに描かれている程度には……」

「それはよかった。見たことがないものが付いている、と怯えられなさそうだ」

頭の中に、絵画で描かれた男性の裸像が浮かぶ。

はっきりとは描かれていなかったけれど、脚の間に生えているものがあったわ。そして図書館で読んだ本も思い出した。

夫婦の営みとは、男性のものを女性が受け入れることなのだとあった。

「これが私だ」

手が、熱い肉の塊を握らされる。

手の中で、それは動いているようにも思えた。

「君に受け入れてもらうものだ」

「……はい」

心臓がうるさい。

身体が熱い。

握らされた、ということは撫でたり摩《す》ったりした方がいいのかしら？　ただ握っているだけでいいのかしら？

わからないから、少しだけ力を入れてみた。

「っ……と、やはりいい。手を離してくれ」

「あ、ごめんなさい。痛かった？」

「いや、その……。君の手だけで我慢ができなくなりそうだ」

「我慢などしなくても……」

「色々あるのだよ、男には」

困っているわけではないわよね？　声は笑っているもの。

「やはりおとなしく横になってくれているだけでいい、今日は。私を見ることもできないくらい恥ずかしいのだろう？」

見た方がいいの？

彼が望むならそれをするわ。

私は勇気を出して閉じていた目を開け、彼を見た。

半裸の自分の上にいる、同じく半裸のリシャール。

私の胸は露《あら》わになり、膨らみを摑《つか》まれている。そしてその下の方では、彼の屹立《きつりつ》したものが見えた。

ズキン、と胸が痛む。

その痛みが何なのかわからないけれど、焦れるような熱が内側から溢れてくるような気がした。

彼は私の視線を受け、舌先で胸の先を舐《な》めた。

「あっ！」

視線を合わせながら、器用に先だけを転がす。

胸に置かれたままだった手も、もう一方の胸をまた揉み始める。

身体が甘く溶けてゆくようだわ。

見てはいけないと思うのに、彼のしていることから目が離せない。

視覚から入ってくるものが、身体を支配している。彼が何かをする度に、身体がヒクついて、内側から何かが溢れてくる。

「リシャール……、リシャール……」

何を言ったらいいのかわからなくて、彼の名前を呼んだ。

そうしないと、頭がどうにかなってしまいそうで。

「脚を開いて」

無理。

もう自分の意思で身体を動かすことができない。

「開いていいね？」

確かめてから彼が私の脚の間に膝を入れた。

少し身体が浮いているから、彼のものがよく見えてしまう。

大きくて、とてもあれを受け入れられるとは思えない。

「あ……、あ……っ」

開かれた脚の間に手が差し込まれる。

指先が下生えをまさぐり、敏感な場所に触れた。

「あっ！」

その途端、強い痺《しび》れが走り抜け、身体が反《そ》る。

指はそこに突起があることを教えた。その突起を、指先がいつまでもグリグリと弄る。

「や……、だめ……っ」

そこは胸よりも強い刺激を私に与え、頭の中がぐちゃぐちゃになった。

何も……、わからない。

彼が与える感覚に溺れてゆく。

「あ……。あ……、ン。や……ぁ……」

身悶《みもだ》え、脚が閉じていき、彼の膝と腕を挟み込む。

それでも指は動き続け、やがて別の場所へと移った。

「あ……ッ！」

身体の内側へ指先が入った。

「や……」

ゆるゆると入り口で出たり入ったりを繰り返す。時に浅く、時に深く入り込んではそこを愛撫する。

指の動きが滑らかなのは、私のそこが濡れているから。

さっきから感じていた溢れる感じは、そこで具現化されていた。

「リシャール……っ」

身体が小刻みに震える。

何かが迫ってくる。

「だめ……っ、もうだめ……っ」

私の訴えを聞いてくれたのか、指はするりと抜けた。

「一度イッてもいいのだが、初めてはやはり『私』にして欲しいな」

私？　あなた以外の人のことなど考えていないのに？

リシャールは身体を起こした。

手も舌も、私から離れてゆく。

「あ……」

それが惜しくて小さく声を漏らした。

「力を抜いて、脚を開いて」

「……恥ずかしいわ」

「見るのは私だけだ。私に全てを見せてくれ」

そう言われては拒めない。

おずおずと、膝を開く。

まだ残っているアンダードレスのスカートが、そこを隠しているから、まだ何とか言う通りにできた。

彼の、ズボンから覗いていたものがそのスカートの中へ消える。

手も、スカートの中へ入る。

そこから先は感覚だけ。

濡れた場所を指が開いた。

そして彼のものがそこに当てられる。

「無理……」

「大丈夫」

あなたがそう言うならそうかも。

でも……、怖い。

私の脚の下に、彼の膝が入り込み、腰が浮く。

「あっ」

そのまま進んで来るから、腰は完全に彼の上に乗ってしまった。

「ウィスタリア」

リシャールは私の名を呼び、身体を倒して私を抱き締めた。

「君は私のものだ」

距離がなくなって、あたったままの場所が開かれる。

「一生私のそばにいてくれ。どんな時も」

グッ、と彼が身体を進める。

「は……ぁ……っ、あ……っ」

大きなものが、私の中に入ろうとしている。

けれど一気に入ることはできず、何度か離れてはまた挑んでくる。

繰り返されるうちに、それは深く入ってきた。

私の身体が、彼を受け入れているのだわ。

ああ、そうなの。『私』と彼が言ったのは、こういうことね。何かが起こるとしても、それは指ではなく彼のもので与えたいというのね。

さっきと同じように、熱が上がる。

息も上がる。
身体の内側から全身に甘い痺れが広がる。
「リシャール……」
自分から、彼の身体に手を回ししがみついた。
私が抱き着くと彼が腕を放し、手が胸をまさぐる。
どちらともなくキスを繰り返し、一つになってゆく。
リシャールが、私の身体を支えた。
そして窺うように侵入してきていたものが、一気に私を貫いた。
「あぁぁ……っ！」
微かな痛みと強い圧迫感。
それを凌駕《りょうが》する快感。
皮膚が、粟立《あわだ》つ。
身体は熱いのに鳥肌が立つ。
「あ、あ、あ」
リシャールは、何度も腰を打ち付けた。
その度私は彼の上で踊った。
しっかりとしがみついていたつもりだったのに、力が抜けてゆき、手が離れる。けれど身体が離れる前に、彼が再び私を抱き締めた。

「ウィスタリア……」

切なく甘い声。

彼の熱い吐息が頬にかかり、またキスされる。

身体の中にある彼が、挑む度に奥を開いてゆく。

もっと、もっと。その奥にあるものを探すように深く。

声が嗄《か》れるほど、私は喘《あえ》ぎ続けた。声を上げていないと、溜まった熱で身体が焼け落ちてしまう気がして。

彼が突き当たった身体の最奥から、新たな快感が生まれる。

もっと、と今度は私が思う番だった。

何かがくる。

波のように何度も押し寄せてくる快感よりも、もっと大きな何かが迫ってくる。

「リシャール……、怖い……。何かがくるわ……」

泣いているわけではないのに、目が潤む。

「そのまま身を任せていい」

乱れた髪を、彼が掻《か》き上げて深く口付けた。

溢《あふ》れ出る私の声を塞ぐように。

深く貫いて、彼の動きが止まる。

「ンン……ッ！」

全身の神経が弾けた気がした。

内側で私のものではない何かが溢れてくる。

唇が離れ、彼が長い息を吐いた。

「君は私のものだ」

そう言って、繋がったまま私に優しいキスをくれた。

でも、私はそれに答えることができなかった。

たった今身体を駆け抜けた快感に、全てを持っていかれてしまって。

もう指一本動かすことができなくて……。


それからは、突然忙しくなった。

私は公爵夫人としての勉強を一旦お休みして、リシャールと二人で図書館に通った。

エリザさんの疱瘡痕を治すための調べ物のためだ。

一度読んだ本だったから大体は覚えていたけれど、実際に使うとなればちゃんと調べた方がよいだろう。

リシャールは私から離れたくないからと言って付いてきたが、やはり妹のことが心配だというのが本音だろう。

テナ茶、というのが私が覚えていた薬湯だった。

テナという薬草を煮詰めたお茶で、毎日飲み続けると傷痕や吹き出物の痕も軽いものならば二、三カ月程度で薄くなり、半年程度できれいに消えるとあった。

ただ、味はとても苦いらしい。

エリザさんは苦いと文句を言ったけれど、どうしても治したいからと頑張って飲み始めた。

そして私がエリザさんと会ったことを知ったお義母様は、私の進言を受けて彼女のための化粧品探しを始めた。

役者が使う白粉《おしろい》が厚塗りができて有効だと教えると、公爵夫人ご贔屓の役者に聞いて回った。

そして手に入れた白粉を使わせてみると、元から薄い痕だったので、きれいに消すことができた。

「これなら外に行けるわ！」

と、彼女は大喜びだった。

そしてリシャールはご両親に、一カ月以内に私と結婚をする宣言をした。

もちろん、ご両親は反対した。

私が相手だから、というのではなく、公爵家ともあろうものが、そんな早急に結婚を進めるなんて、というのが理由だ。

でも、彼は譲らなかった。

「彼女を他の者に渡したくないのです。先日は、以前の婚約者だったデルマンの息子が婚約を戻したいと言ってきたんですよ？　他にも彼女を狙う者は現れるでしょう。それを退けるためには結婚しかありません」

お義母様は、リシャールがそれほどまでに言うなら、と折れてくれたが、公爵様はなかなか首を縦に振ってくれなかった。

ここで協力な援護射撃をしてくれたのはエリザさんだ。

「いいじゃない、お父様。これでお義姉様を逃したら、リシャールはもう誰とも結婚しないなんて言うかもしれなくてよ？　それに私もウィスタリアさん以外のお義姉様なんて考えられないわ」

彼女の願いを聞き届けてわざわざ離れに住まわせてあげたくらい娘に甘い公爵様は、その言葉で渋々それを了解した。

「君を歓迎しないのではない。ただ、公爵家としてはもっと準備に時間をかけるべきだと思っただけだ」

と、フォローしてくれた。

その言葉にウソはなかったのだろう。

結婚が決まると、例の私を養女にしてくださるというクリーク侯爵との話し合いは公爵様が買って出てくれた。

書面だけの手続きなので、数日を待たず、私はウィスタリア・エルディアからウィスタリア・クリークへと名前が変わった。

さすがにこの時には実家の許可が必要だったので、リシャールがフルメリア公爵の息子であることが知られたが、公爵家が乗り出してきたことに対して伯爵家が異議を唱えることなどできず、お父様は私を養女に出すことを認めざるをえなかった。

使者に立ったのはライアンだったが、その時の様子は大変面白かったと話してくれた。

「伯爵夫人は目を白黒させていましたし、妹君は『嘘よ！』と叫び続けておりました。何とか公爵家との繋がりを持とうと思ったようですが、最初のご婚約の時に以後伯爵家とかかわらないという書面をいただいておりましたので一蹴いたしました。すると、再び女性方は私に罵声を」

「まあ……、ごめんなさい」

「とんでもないことでございます。私としては、小気味よい時間でした」

ライアンはイタズラっぽく笑った。

「公爵家の息子と侯爵家の娘が結婚するのだから、結婚式はもっと大々的にするべきだ」

いつの間にか公爵様が一番お式に乗り気になっていたけれど、リシャールはそれを許さなかった。

「そんなことをしたら式が遅れるでしょう」

「だがフルメリア公爵家なんだぞ？」

「私はまだ男爵です」

「屁理屈《へりくつ》を言うな」

親子ゲンカは三日続き、最終的にはもう一度きちんと準備した結婚式を大々的に行うことにして、今回はすぐに式を行う、ということになった。

そして公爵家の結婚だから、陛下にご報告しなければならないということで、私は王家主催のパーティに出席して、陛下にご挨拶しなければならないとのことだった。

王城に行ったこともない、ましてや陛下にお目にかかったこともない伯爵家の娘に、それは大事件だったが、薬湯とお化粧で外出が可能となったエリザさんが一緒に出席してくれるということで、少し安心した。

「もう『さん』はいらないわ。エリザと呼んでね。リシャールが仕事の時は、私と一緒にあちこち出掛けましょう」

妹って、こんなに可愛いものなのね。

幸せだった。

この上もなく幸せだった。

家で冷遇されていた私が、愛する人と結ばれて、公爵夫人になって、可愛い妹まで手にすることができるなんて。

驚きの連続だったけれど、全てが上手く収まったのだわ。

……と、思っていたけれど、驚きはこれで終わりではなかった。

陛下への報告のために向かった王城のパーティ。

私は本当にどこかのお姫様のように美しく着飾られ、リシャールにエスコートされた。

「もう結婚の報告だから安心していいのだが、君の美しさがまた他の男を引き寄せないか心配だ」

リシャールは冗談のように言った。

「私より、皆さんの目はきっとエリザさんに向きますわ」

私は薄青のドレスだったけれど、彼女は黒髪が映える真紅のドレス。

どう考えても皆の視線は彼女に釘付《くぎづ》けよ。

会場に到着すると、実際その通りだった。

エリザさんは生まれながらの公爵令嬢。王城にはお友達もたくさんいて、すぐに人に囲まれた。

「ごめんなさいね。今日はお義姉様と一緒なの。後で皆さんにもご紹介しますわ」

と、捌《さば》かなければならないほど。

「リシャールは騎士団に挨拶してらっしゃいな。お義姉様は私が守るから」

「お前が警護じゃ心配だ」

「だったらすぐに戻ってくれば？」

「そうしよう」

颯爽としたリシャールが歩くと、周囲の令嬢達の視線が彼を追う。

「心配？」

エリザさんが私に訊いた。

「ええ。私より素晴らしいお嬢さん達ばかりですもの」

「それでも、リシャールはお義様を選んだのよ。もっと自信をお持ちになって」

彼女はそう言って私と腕を組んだ。

「お父様達は大臣達に挨拶回りだし、私達もさっさと挨拶してしまいましょう。それが済んだら女性のサロンでお友達を紹介するわ」

「ええ、ありがとう」

彼女が軽い感じで『挨拶』と言ったから、彼女のお友達に挨拶をするのかと思ったが、エリザさんはそのまま真っすぐ私を国王陛下の下へと誘った。

「ご挨拶って、陛下に……？」

「ええ、それだけは避けられないでしょう？」

「でもリシャールが一緒じゃないと……」

「大丈夫よ」

そう言って笑うと、彼女は人々に囲まれた陛下に向かって呼びかけた。

「伯父様」

……伯父様？

「おお、エリザか。久しぶりだな。病の方はよくなったのか？」

「はい、すっかり。今日は兄の婚約者とご挨拶に伺いましたの。とても美しいでしょう？

でもそれだけじゃないんです。とても頭もいいし、お心も優しい方ですの」

「ほう、そうかね」

お髭《ひげ》の王様は、私に向かって微笑みかけた。

「……ウィスタリア・クリークにございます」

「ウィスタリアか。これからは君も私の姪《めい》ということだな。よろしく」

……え？

「あ、はい。よろしくお願いいたします」

「エリザ、彼女の紹介は今度別席を設けよう。それでいいかな？」

「ええ。今日はお忙しそうですものね。では、失礼いたします」

頭を下げた彼女に倣って、私も頭を下げて挨拶をする。

陛下を囲む人々の群れは、それでこの挨拶が終わったと判断したのか、また陛下を包んでしまった。

「エリザさん、陛下を伯父様って……」

「あら、ご存じなかったの？　お父様は王弟なのよ」

「王弟殿下？」

「ええ。伯父様には子供がいないから、縁戚から王子を選ぶことになるわ。グレナン公爵のところのタイタスも王子の座を狙ってるみたいだけど、グレナン公爵家は所詮大伯母様が嫁いだだけの家ですもの。王家の血が入っているとはいえ、男系のリシャールが王子になるでしょうね。そしたらお義姉様は王妃様よ」

彼女は無邪気に笑ったが、私は笑えなかった。

まだ言っていない秘密が一つ二つあるとは聞いていた。

陛下は早くに王妃様を亡くされてから愛妾も取らずにお一人だと知っていた。

タイタスがリシャールと争いをしているのは、王位継承権だったの？　対抗勢力というのは継承者争いのこと？

クラックスが、フルメリア公爵と聞いて蒼ざめたのは、ただ『公爵』だというだけでなく、王家に繋がる家だと知っていたから？

「あ、リシャールが戻って来たわ。本当にお義姉様が心配なのね」

人波を縫って早足でこちらに近づいてくるリシャールを見ながら、私は彼の言葉を思い出した。

『君ならどんなことがあっても立ち向かってくれるだろう』

何があっても側にいて欲しいというのは、自分が王様になっても側にいて欲しい、という意味だったの？

「ウィスタリア？　何て顔をしてるんだ」

目の前に立った彼が、私の顔を覗き込んだ。

驚き過ぎて、きっと間の抜けた顔をしていたのだろう。

「今、あなたの隠した秘密の一つを知ったところよ」

「秘密？」

「伯父様にご挨拶したの」

エリザさんの言葉に、彼は狼狽《ろうばい》した。

伯父様が誰だかわかっているのだ。そしてその様子は、彼女の言葉が真実だとも教えてくれていた。

「それは……」

叱られた子供のような顔をして、彼は私に訊いた。

「婚約を後悔している？」

「いいえ」

訊かれて、私から彼の手を取り微笑んだ。

「とても驚いたけれど、あなたの側にいるって決めましたもの。その気持ちは二度と揺らぎませんわ」

ただ、私が愛した人はとんでもない人だったのだ、と思うだけで……。

番外編　愛は時々溢れ出ます

リシャールが絶対に一カ月以内に私と結婚する、とお義父様に宣言してから一カ月。

あと三日で本当に結婚式が執り行われることになった。

お義父様は、王弟であり、宰相であり、公爵である自分の息子の結婚式は、絶対に豪華なものでなくてはならない、一カ月ではその準備が間に合わないと言い。

リシャールは私が他の男性に目をつけられる前に妻にしたいのだ、と譲らず。

結局、国王陛下の出席をしない式を早急に行い、その後で陛下出席の豪華な結婚式をもう一度行う、ということで落ち着いた。

私としては、今回のお式だけでもとても派手で豪華だと思っているのだけれど。

とにかく、そうと決まってからはとても忙しかった。

お義母様は私のウエディングドレスをオーダーしたり、列席者の選択をしたりと忙しく、またそのことでリシャールと口論もしていた。

「お義母様は、お義姉様に最高のウエディングドレスを用意してさしあげたかったのよ。

真珠を縫い込んだベールに、最高級のレースをクリスタルのビーズで飾った、最新のデザインの。それなのに、お義姉様ったらお母様のお古でいいだなんて」

私を『お義姉様』と呼ぶ黒髪の美人は、リシャールの妹のエリザで、三日後には私の義妹になる。

「お義母様のおっしゃる通りにしたら、お式までにドレスが間に合わなくなるわ。それに、お義母様のドレスだってとても豪華で、私が着るのは恐れ多いくらいよ？」

「あら、ウィスタリアお義姉様、フルメリア公爵家のオーダーよ。間に合わせるに決まってるじゃありませんか。それに、お母様のドレスはちょっと古臭いわ」

「お義母様もそうおっしゃって、少し手を加えるみたい」

「それなら、まあいいわね」

屈託なく話し、私に懐《なつ》いてくれる義妹。

実は私には前の実家にも妹がいた。

前の、と言うのは、公爵令息であるリシャールと結婚するには私の生家であるエルディア伯爵家では格が釣り合わないからと、今はクリーク侯爵家の養女になっているのだ。

それは、先妻の娘である私に辛くあたっていた家族と縁を切らせるためでもあったし、人格者とは言い難い両親が、リシャールに迷惑をかけないため、でもある。

そのエルディア伯爵家に、後妻のお母様が生んだ妹のガーベラがいた。

けれど残念なことに、私とガーベラが仲良くなることはなかった。

彼女は私が嫌いで、随分と意地悪もされた。

でも、彼女の意地悪が、私とリシャールを会わせてくれた、とも言えるので、恨むことはない。

ガーベラと比べると、エリザは本当に私を慕ってくれて、妹とはこんなにもかわいらしい存在なのかと感動したくらいだ。

今日はそのエリザの誘いで、王城の一室で開かれるサロンへ向かうところだった。

彼女は生まれながらの公爵令嬢で、お友達も多く、社交が苦手な私を気遣って、こうして貴族の女性達が集まる場所へ連れていってくれるのだ。

「今日の話題はきっとお義姉様のドレスのことね。もうお式が近いから。みんな興味津々に違いないわ」

「もしも誰かが『お古ですか』と言っても、怒ってはだめよ？」

気の強いエリザに釘《くぎ》を刺すと、彼女はぷん、と頬を膨らませた。

可愛いわ。

「リシャールの奥様になるのだから、多少の厭味は覚悟してらしたでしょうけど。お義姉様は本当にお優しいわ。この間のメイシン侯爵令嬢の時なんて、お茶をかけてしまえばよかったのよ」

彼女の言うメイシン侯爵令嬢との一件は、私が婚約破棄されたことがあるとどこからか聞き込んで、それをティーパーティの話題にしたことだ。

事実なので何も言わないでいると、彼女は更に、そんな女がどうやってリシャール様をたらし込んだのかしらと続けたので、エリザが怒ってしまった。

「お義姉様はそんな方じゃないわ。お相手の方とは正式な婚約じゃなかったし、ウィスタリアお義姉様にはリシャールがプロポーズしたのよ。謝りなさい！」

嬉しかった。

もちろんリシャールの名誉のためというのもあるだろうが、私のためにこんなにも真剣に怒ってくれる人がいることが。

でも、二人が一触即発の睨み合いになったので、私は慌てて仲裁に入った。

「噂は真実ですが、私と婚約者の間にすれ違いがあっての結果で、何一つ恥じることはありません。噂を鵜呑《うの》みになさって他人を悪し様に言うことは、お嬢様の品位を下げる行動ですから、これからはどうぞ私に直接確認なさってください」

と言って。

あの日の帰りも、エリザは「お義姉様は甘いわ」とぷんぷんに怒っていたわね。

そんなことを思い出して王城の通路を二人で歩いていると、突然背後から声をかけられた。

「まあ、お姉様。お姉様じゃありませんか」

聞き覚えのある声に足を止めて振り向く。

派手なドレスに目立つ赤毛、そこには満面の笑みを浮かべたガーベラが立っていた。

「ああ、やっぱりウィスタリアお姉様だわ」

彼女はにこにこと笑いながら、私に近づいてきた。

「お義姉様、この方は？」

ガーベラを知らないエリザは私に訊いた。

「ガーベラ・エルディアよ。私の妹の」

それを聞いた二人の妹は、それぞれ別の表情になった。

「ええ、そうですわお姉様」

ガーベラは我が意を得たりという顔で近づいてくる。

けれどエリザは私とガーベラの間に立ち、冷たい目で彼女を見た。

「あなたはもうお義姉様には関係のない方ですわ」

言われた途端、ガーベラの顔から笑みが消え、引きつる。

「あなたはエルディア伯爵家の人間、お義姉様はクリーク侯爵令嬢。数日後には我がフルメリア公爵家の人間になるのです。無関係なあなたに『お姉様』などと呼んでいただいては困りますわ」

「でも、お姉様は……」

「お黙り！」

ピシリ、と冷たい声が響く。

「無関係だと言ったでしょう。以後ウィスタリアお義姉様に『お姉様』などと呼びかけたら、公爵家に対する侮辱罪とみなします」

それから、エリザは悠然と微笑んだ。

「大かた、お義姉様が公爵夫人になると知って、お零れを狙い近づいてきたのでしょうが、あなたにはカケラもその資格がないのよ？」

「し……、失礼な。いかに公爵令嬢といえど、その言葉は……」

「ばかな娘よね。小さな嫉妬で人を見誤って。もしあなたがお義姉様を大切にして、心から親愛の情を向けていれば、あなたは公爵夫人の妹を名乗れたでしょうに。自らその道を捨てたのよ。私は、あなたがお義姉様に何をしたかを知っています。ええ、お義姉様が何も言わなくても。どれほど下賤《げせん》で浅ましいか」

目の前で、ガーベラの顔が怒りで赤くなる。

「もちろん、『違う』などとおっしゃらないわよね？　身のほどをわきまえて、これからは私達に近づかないでくださいな。ウィスタリアお義姉様の妹は、私一人。人を罠《わな》にはめたり、粗末なドレスを着させたり、他人の婚約者を奪おうなどと考える娘が妹などと言おうものなら」

エリザは持っていた扇でガーベラを指した。

「もう一度言いますわ。公爵家を侮辱した罪で、警吏に引き渡します」

それから、エリザはくるりと振り向くと微笑んで私に腕を絡ませた。

「さ、お義姉様、行きましょう。今日のエイデン公爵夫人のサロンは大臣の奥様やお嬢様達のあつまりですの。招待されていない者は入れないんですのよ」

いつも懐いてくれるエリザとは全く違う態度にポカンとしていた私は、彼女に引かれるまま、その場を離れた。

「お義姉様も、これからはあの娘を妹だなんて呼んでは嫌よ。お義姉様の妹は私だけなんですから。忘れないでね」

「え……、ええ……」

何とか返事をしながら、心の中で感心していた。

臆することのない毅然《きぜん》とした態度、はっきりとしたもの言い。これが本当の公爵令嬢なのだわ。

先日のメイシン侯爵令嬢との時は、『腹を立てる』という感じだったけれど、今のはもっと冷酷な印象だった。

ああ、そう。

今のエリザの態度はリシャールそっくりだわ。彼が許しがたいと思って叱責する時の、冷静な怒りに。

やはり兄妹だわ。

ガーベラには可哀想だと思うけれど、これが最良の選択なのだろう。

彼女は謝罪の言葉を口にせず近づいてきた。それは過去を悔い改めてはいないということだ。

以前のようなずる賢い考え方で近づかれては困る。これからは私だけでなく、フルメリア公爵家に迷惑がかかってしまうのだもの。

「ありがとう、エリザ。私だけでは言えない言葉だったわ」

と言うと、彼女は嬉しそうに笑った。

「褒めていただけて嬉しいわ。ここであの娘が可哀想だなんておっしゃったら、お義姉様にお説教するところでした」

「まあ」

おどけて言うその言葉に、私も微笑んだ。

「では、これからも色々と教えてね」

「もちろん」

心の中で思ったことがもう一つある。

それは美人が怒ると迫力があるわ、ということだった。


サロンに出て夕食前に屋敷へ戻ると、リシャールはまだ戻っていなかった。

お仕事で遅くなるとの伝言があり、それではお一人で寂しいでしょうと言って、エリザが一緒に夕食を摂ってくれた。

食事が終わって、お茶をいただいている途中でリシャールが戻ると、エリザは兄妹で話したいことがあると言うので、私は自分の部屋へ戻った。

暫くすると、エリザが公爵邸の方へ戻ったとリタが伝えにきた。

リシャールはライアンを相手にお酒をいただいているようだというので、風呂を使い、ナイトドレスに着替える。

リシャールと少しお話をしたかったのだけれど、お酒をいただいているならきっと疲れているのだろう。

明日、朝食の時に時間を作ればいいわ。

そう思っていると、ドアが軽くノックされた。

「どうぞ」

こんな時間にノックをするのは侍女のリタくらいだろうと思って応えると、扉の向こうからリシャールの声が聞こえた。

「私だ、開けてくれないか」

慌てて扉を開けると、くつろいだシャツ姿のリシャールがいる。

「入ってらっしゃればよろしいのに」

「入りたいのはやまやまだが、私は君の部屋に入れないだろう？　今は」

と言われて私は部屋の中を振り向いた。

そうだった。

今、私の部屋には、今日エリザとの話題にも出たウエディングドレスが飾られていた。

お直しも終わり、明日の午後にはお義母様が確認にいらっしゃることになっている。

結婚式当日まで、花婿はウエディングドレスを見てはいけないことになっているので、今彼は私の部屋に立ち入り禁止なのだ。

「ではそちらのお部屋に行きますわ」

「いいのか？　眠るところだったのでは？」

「いいえ、少しお話したいと思ってたところです」

「ではティールームへ」

「もう着替えてしまいましたから、使用人に見られるのは……。リシャールの部屋ではいけない？」

「それは構わないが……」

彼は私を見て言葉を濁した。

「お部屋ではいけません？」

「そうじゃない。君がよければそれで構わないよ」

「ではガウンを着てきますから、少し待ってて」

中へ戻ると、薄水色のナイトガウンを羽織ってきた。

「……うん、まあいいだろう。おいで」

彼はくるりと背を向け、先に歩きだした。

もう彼の部屋へは何度も訪れているから案内される必要はないのだけれど、背を向けられるのは少し寂しい。

夜も遅くなってきたのけれど、使用人達が下がるにはまだ少し早い時間。もしティールームを使ったら、明かりを見て誰かが様子を見に来るかもしれない。

彼の部屋は館の奥だから使用人に会うことはないのでそちらの方がよいと思ったのだけれど、何か不都合があったのかしら？

「どうぞ」

私室の扉を開け、彼が私を招き入れる。

その顔に笑みが浮かんでいるから、自分の考え過ぎだったかと思った。

でもソファへ座ると、少し距離を置かれて座られる。

「私が来たのは迷惑でした？」

「そうじゃない。ただ少し酒を飲んだのでね」

ああ、お酒の匂いを気にしてたのね。

私は顔を近づけ、彼の匂いを嗅いだ。

「ウィスタリア」

「大丈夫、そんなに匂いませんわ」

「風呂を使ったからな。汗は流している」

「お酒の匂いのことです。それを気にしていたのでしょう？」

「いや。……まあ、そうだな」

どうしたのかしら、今日は会話の歯切れが悪いわ。

「それで？　話したいこととは何だ？」

問われて、私は今日の出来事を彼に伝えた。

王城でガーベラと偶然出会ったこと。

彼女が私を『お姉様』と呼んだことで、エリザが怒ったこと。

これからはもうガーベラを妹と呼ばないように、と注意されたこと。

「そのことはエリザから聞かされたよ。さっきこってり絞られた」

彼は笑って言った。

「リシャールがしっかりしないと、お義姉様がつけこまれてしまう、とね」

「では二人きりで話がしたいというのはそれだったのね？」

「ああ。娘のガーベラがああなのだから、きっと親も君に近づいてくるだろう。ウィスタリアは優しいから騙《だま》されてしまうかもしれない。その前に手を打て、と」

「……否定できないところが辛いわ」

私は俯いてしまった。

お父様もお義母様も、『公爵』という地位に目が眩《くら》む方達だ。娘を渡したのだから見返りを寄越《よこ》せと、とんでもない言い掛かりをつけてくるかもしれない。

私が落ち込んだ表情を浮かべてしまったので、リシャールは空けていた距離を詰めて近づくと、肩を抱いてくれた。

「安心しなさい。エリザに言われるまでもなく、もう手は打ってある」

「え？」

「君の養父であるクリーク侯爵が、直接エルディア伯爵家に出向いて一筆書かせた。以後親子の関係を他言してはならない。そのことで自分の義娘に近づくことも禁じるとね」

「それでお父様達は納得しました？」

「しようがしまいが、彼等は既に君を手放している。文句は言えないさ。それにクリーク侯爵は老獪《ろうかい》な方だからね、もしこれ以上ウィスタリアを伯爵家の娘と言うならば、結婚の支度金として財産の半分を君に譲るようにと迫ったそうだ。直系の長女ならば無理難題ではないだろう。私のところに寄越した時には衣装箱二つしか持たせなかったのだ、催促できる理由はある」

「そんなこと、お義母様が許さないわ」

「その通り、それを聞いて彼等は書面にサインした。なので、以後、みずから自分がウィスタリアの親だと名乗ることはないだろう。むしろ、自分達が動けなくなったから、娘を君に近づけたのかもしれないな。それにしても、相変わらず厚顔無恥な娘だ」

「……ごめんなさい」

「なぜ君が謝る？」

「だって私の家族ですもの」

と言うと、彼は私の唇に指を押し当てた。

「家族『だった』だ。これからは私が君の家族なのだから。それを忘れるな」

その言葉が昼間のエリザの言葉と重なって、やはり兄妹だわと思って笑みが零れた。

「笑ってないで、いいね？」

「はい。そういえば、ガーベラとクラックスの婚約はどうなったのかしら？　婚約したとは聞こえてこないのだけれど」

今度は、リシャールの顔が曇った。

「先日、クラックス・デルマンが私に会いに来た」

「まあ、クラックスが？　何て？」

問いかけると、口元が歪む。

もしかして、その時に諍《いさか》いでもあったのかしら？

「先日の無礼を謝罪に来た。その時に、ガーベラとの婚約はなかったことにしたと聞いた。自分の婚約したのはウィスタリアであってガーベラではないから、それで問題はないとのことだそうだ」

「そうですか」

可哀想に。ガーベラはクラックスが好きだったろうに。

「あの男はまだ君に未練があるようだった。君の美しさを褒めていた」

「以前パーティでも褒めてくれましたわ」

「だがもう数日で君は私の妻だ。そうなれば邪まな考えも消えるだろう」

「まあ邪まだなんて。少し短気なところはありますけれど、クラックスは礼儀正しい人ですわ」

リシャールの怒りが彼に向かないように執《と》り成《な》しの言葉を口にした。

「彼は美男子ですし、侯爵家の息子だからきっといい女性が見つかるでしょうね」

「あの男のことをあまり褒めるな」

「え？」

「未練があるとは思わないが、私の前で他の男を褒められると腹立たしい」

肩にあった彼の手が、グイッと私を引き寄せる。

「わかっているか？」

その途端、さっきは感じなかったお酒の匂いがぷんと香った。

「リシャール様、お酒、どれほど飲まれました？」

「酒を飲んだ、と最初に言っただろう」

「ええ、ですからどれほど飲まれたのかと」

「大して飲んではいない。グラーツという酒をグラスに二杯だ」

「グラーツ？　あの南方のお酒ですか？」

「よく知っているな。さすがウィスタリアは博学だ。私は初めて知った。ああ、甘い酒だったから、今度二人で一緒に飲もう」

「いえ、私は……」

グラーツというのは、南方のお酒で、我が国にはあまり入ってきていないお酒だったはず。甘くて飲み易いそうだけれど、アルコール度数が凄く強かった。

地元の人でも水やジュースで薄めて飲むものだと本で読んだことがあった。

あのグラーツをグラスに二杯と言ったけれど、どのくらいの大きさのグラスだったのかしら。

水や氷で割ったの？　それともそのまま？

「グラーツをお飲みになる時……」

「酒の話はもういい。飲みたいなら明日にでも飲もう」

「いえ、そうではなくて」

「私はクラックスのことを話している。ごまかしてはいけない」

ただ引き寄せただけでなく、今度はもう一方の肩に手を掛け、私を向き合わせた。

これは……、もしかしなくても酔ってる？

「あの男の名を出すだけでも腹立たしいが、ちゃんと言っておく。たとえ元婚約者であろうと、あれはもう君とは関係のない男だ。あの男に限らず、私の前で他の男のことを褒めるな」

「……どうしてです？」

「ヤキモチを焼くからに決まってるだろう」

彼は自信満々に言い切った。

リシャールが私にヤキモチ。

何て嬉しい。

思わず顔が赤くなり、私は頷いた。

「あの……。はい、わかりました」

「よし」

私の返事に、彼は満足そうに頷き軽くキスをした。

「それで、私の話はエリザとガーベラのことでしたけど、リシャールの話は何でしたの？　わざわざ部屋を訪れてくださったのですもの、ご用事があったのでは？」

「話？　話か。あったが、君の姿を見たら忘れた」

甘えるように、彼は頭を私の肩に載せた。

「薄物のナイトドレス姿がとても色っぽくて。君は無防備なところを注意しなくちゃいけないぞ。男の前にあんな薄物で現れて、理性でティールームへと誘ったのに、私の部屋がいいなどと、誘っているようなものだ」

……だめだわ。

リシャールは完璧な酔っ払いだったんだわ。

見かけは顔も赤くないし、足取りもしっかりしていたから気づかなかった。

「ガウンを纏ってくれたから来室を許したんだ」

その言葉に、彼が私の姿を見て言い淀《よど》んだことや、ガウンを纏って戻った時に『うん、まあいいだろう』と言ったことが思い浮かんだ。

あれはそういうことだったのか。

「なのに今、もう一度その姿を見たいと思っている。これからはいつでもあの姿を見られるとわかっているのに」

「ええ、あなたが望むならいつでも」

「本当に？」

私を見る彼の顔は、子供のようだった。

「はい」

何だろう。ちょっと嬉しくなってしまう。

「では今は？」

「手を離してくだされば」

「それは嬉しいが……、本当にいいのか？」

遠慮がちに訊く姿が、可愛い。

こんなリシャールは初めてだわ。

「はい」

こんなに可愛い彼の願いなら、何でも叶えてあげたくなってしまう。

「では、見せてくれ」

手が離れるから、私は立ち上がってガウンを脱いだ。

薄物とは言ってもちゃんと服は着ているのだし、彼が言ったようにあと数日でこんな姿を見せることは当たり前になるのだもの、恥ずかしくはないわ。

というか、子供のおねだりを叶えることが楽しかった。

「いかがです?」

白いナイトドレスは、レースの付いた襟元がゆったりとしたもので、胸のすぐ下で絞られているがそこから下は何も締め付けるものがない長いスカートのような状態になったデザインだ。

胸には裏地が付いているので、下着は着けていないが、下はちゃんと付けていた。

「よろしい?」

手を広げて見せると、彼は子供の表情を消し、真剣な眼差《まなざ》しを向けていた。

「だめだ」

「お気に召しませんでした?」

「そうじゃない。美し過ぎる。我慢がきかなくなってしまう」

言うなり、彼は私の腕を取って引っ張った。

「あ」

あまりに強い力だったので、私は彼の膝の上に倒れるように座り込んでしまった。

「ごめんなさい、すぐ……」

　立ち上がろうとした私を、しっかりと抱きとめる。

「初めて君を見た時、この美しい女性はどうしてこんな地味な格好をしているのかと不思議だった。だがエルディア伯爵令嬢とわかって、婚約者がいるから、美しさをかくしているのだろうと思った」

　そして今度は胸の膨らみの上に頭を寄せた。

「話をして、聡明な女性だと知ってからは、どうしていつも図書館にいるのかと思って調べた。クラックスとの間が、そんなに良好じゃないとわかって、早く別れろと思ってたんだ。だから、あの事件の時には喜んだ。やった、と思ったね」

「……そんなことを？」

「うん。母上には見透かされていたな。『これ幸い』と思ったのを指摘された。『弱ってる彼女につけこんだ』と言われた時、その通りだと思って、君に愛されるかどうか不安になった」

「それは……、初めてお父様達がいらした時ね？」

「ああ」

　だからあの時、歯切れが悪かったの。

「リシャール！」

私が突然声を上げたのは、彼の手が私の胸に触れたからだ。

あて布のされた胸元を、膨らみを持ち上げるように触ってくる。

「柔らかい」

子供に戻っての行動？　それとも……。

咎めた方がいいかしら？

「あの……」

「いい匂いだ。君の匂いだ」

「それはきっとお風呂の時のオイルの香りですわ」

「何を使った？」

「スミレを」

「スミレか。好きだな」

どうしよう。

「どうしよう」

私の困惑した考えを声に出したのは、彼の方だった。

「君に触れたくてたまらない」

「酔ってるからじゃなくて？」

「酔ってる？　ああ、酔ってるのかもしれない。君の香りに。そうでなければいつもは我慢できているのだから」

「……いつも我慢してるの？」

「それはするさ。君はキスも初めてだった。一度強引に出て拒まれもした。何より結婚前だ。もし子供ができたら、私は嬉しいが君は結婚前に身体を許したのかと悪く言われるかもしれない。だから我慢した」

それがとても偉いことだというように、彼は身体を起こした胸を張った。

「だが君の言う通り、私は酔ってるんだろう。我慢ができなくなってきている。このまま君を押し倒して、思う存分に触れたい。あと数日の我慢だというのに」

彼は胸に触れていた手が、私の膝の上に移る。

ナイトドレスの合わせの間から中に滑り込み、膝に触れる。

「……あ」

「だめだ……」

膝から、内股へと手が滑る。

「もう我慢ができない」

そして唇が重なる。

これは、酔っているからではないわよね？

誰でもいいからでもないのよね？

私を求めてくれているのよね？

それならば、いいわ。

はしたなくても、愛する人に求められて嬉しいという気持ちがあるのだから、あなたの欲しいものは全てあげる。

私はもうとうに全てあなたのものだもの。

「止めなければ続けるぞ」

胸元のボタンが外され、開いた襟元に彼が顔を埋める
「……あ」

膨らみにされるキス。

「リシャール……」

内股にあった手が、奥へ移動する。

ゾクリ、と鳥肌が立って、思わず私は彼にしがみついた。

「君が好きだ」

指は下穿きの隙間から中へ入り込み、終《つい》に濡れた場所にたどり着いてしまった。

閉じた場所に潜り込むように指が動く。

「あ」

中を弄られてまた声が上がる。

「だ……め……」

「遅い。もう止まらない」

膨らみにキスしていた唇が、襟を咥えて完全に開いてしまう。

露わになった胸を、彼の舌が濡らす。

「や……」

赤子のように乳首に吸い付いたかと思うと、口の中で舌が先端を弄ぶ。

「リシャール……」

触れたい、というのは触るだけではないの？

その先までも求めるつもりだったの？

もちろん、あなたが望むならそれでもいいわ。あなたに抱かれることは私にとって幸福以外の何ものでもないもの。

でも。

「ここでは……。リシャール、せめてベッドで……」

と言ってる間にも、下の指が中をかき回す。

「あ、あ、ぁ……っ」

意識せず、そこがビクビクと痙攣《けいれん》した。

彼に胸を嬲られると、指を濡らす蜜が溢れ出る。

「リシャー……」

「もっと名を呼んでくれ。君の声は甘い」

胸の先をカリッと噛《か》まれて、全身が痺れる。

「だめ……、リシャール……」

ソファに座ったまま、私は彼の膝の上で嬲られ続けた。

こんなところで恥ずかしいと思うのに、甘い疼《うず》きに負けてしまう。

「あ……ん……っ」

いつの間にか、ナイトドレスの前はすっかりはだけていた。

下履きも腰からずれている。

みっともない格好だわ。

なのに彼は止まってくれない。

むしろそれを喜ばしそうに目を細めて私を見ている。

「ウィスタリア」

彼は指を抜いて私を抱き直した。

「あ……」

翻弄されてもう抵抗する力もなくぐったりとした私の腰を抱え、右脚を取って開かせると彼の両足を跨《また》がせる。

「や……。何……？　こんな……」

背中を支えられて、向かい合うように座らされる。

彼の手が、ご自分の前をくつろげる。

「夜中に、男の部屋を訪れる時には警戒しなければいけないよ。たとえ夫となる者の部屋であっても」

抱き抱えられ、私は『彼』の上に座らせられた。

「夜の男に理性はないのだから」

「やぁ……っ」

当たる。

自分の身体の重みで、彼を迎え入れてしまう。

彼にさんざん弄られて濡れた場所は、抵抗すら奪う。

前のめりになってしがみついた私を、彼はしっかりと抱き締めた。

「あ、あ、あ」

突き上げられ、彼が私を穿《うが》つ。

繋がった箇所が私を縫い止めるから、支える必要がなくなり自由になった手が身体の間に滑り込み胸を探る。

身を捩《よじ》ると、長い髪が背で揺れた。

「だめ……っ」

キスは、もうどこにされたのかわからないくらい全身にされた。

熱が上がり、頭が朦朧《もうろう》としてくる。

それでも、目に映る彼の顔があまりにも嬉しそうだったので、私は逃げることを考えなかった。

快感が悦《よろこ》びになってゆく中、考えたとしても、実行などできなくなっていたこともわかっていたので。

「リシャール……！」


目を開けると、ベッドの中だった。

でも自分のではないわ。枕が違うもの。

顔を上げると、隣には蒼白な顔のリシャールが呆然と座っていた。

ああ、ここは彼のベッドだったわ。

彼が満足した後、私を抱き上げてベッドに運んでくれたのだった。

リシャールは頭を抱え、また顔を上げた後。

「……信じられない」

と呟いてから私を見た。

まだ私が寝ていると思ったのか、目が合うと彼は狼狽《うろた》えた。

「もう……朝……？」

私が訊くと、彼は絞り出すような声で答えた。

「……いや、夜明けぐらいだ」

手を伸ばし、彼の手に触れる。

いつも熱い彼の手が冷たい。

するとリシャールは突然頭を下げた。

「すまなかった」

「え？」

「夢だと思っていた。よい夢を見たなと……、そしたら君は隣に……。昨夜のことは全て現実だったんだな？」

よい夢、と言われて少し照れる。

「……どこまで覚えてるの？」

「全部、だと思う。酒を飲んで、君に会いたくなって部屋を訪れて、ここでガーベラとクラックスの話をした」

「ええ」

「それから……。君のスミレの香りに負けて胸に触れて、君をソファの上で……」

そこから先は続けなかった。けれど覚えてくれてはいるようだ。

「よかった。覚えていてくれるなら、恥ずかしいのを我慢した甲斐《かい》があるわ」

私が笑うと、やっと彼の顔に血の気が戻ってきた。

「怒っていないのか？」

「怒ってはいないわ。だって、我慢できないほど私を望んでくれたのでしょう？」

「それは……、そうだ。その気持ちは酒のせいじゃない」

彼はきっぱりと言い切った。

「あなたが夢と思っている時間に口にした言葉も、全て真実なのでしょう？」

「もちろんだ」

「でしたら、普段聞けないあなたの気持ちが聞けて嬉しいくらいです。謝ることは一つもないと……、ああ、一つだけしかないと思います」

「何だ？　何を謝罪すればいい？」

勢い込んで彼が訊く。

「ああいうことがお望みなら、酔った勢いではなく正直に言ってください。突然も困ります。私はあなたの望みを拒んだりしないので」

「……いや、ああいうことが望みというか……、いやそうなのかもしれないが……。酔った勢いではなく我慢の限界で……」

彼はボソボソと何かを呟いた後、重なっていた私の手を強く握った。

「私が悪かった。自制心のなさを反省する。酒を飲んで君に手を伸ばすこともしない。いつもはあんな風に酔うことなどないんだ」

「グラーツは口当たりはよいのですが、とても強いお酒なんです」

「そうか。ではもう二度と、グラーツは飲まないと誓おう」

彼は真剣に誓ってくれているのだが、真剣なだけに私は笑ってしまった。

こんなに焦っているリシャールを見るのは初めて。きっと他の誰も見たことはないだろう。そう思うと嬉しくて顔が綻んでしまうのだ。

「時々は許しますわ。あなたの本音が聞きたい時に」

「あんなものを口にしなくても、いつだって君に嘘はつかない」

「嘘はつかなくても、隠されることはありましたわ」

「う……、それは……」

「我慢してたなんて、言ってくれなかったでしょう?」

「それは……」

彼はそのまま口籠もった。

「もうお酒は抜けました？」

「ああ。抜けた。だから猛省している」

「では、私の一番欲しい言葉をください。酔っていないあなたの言葉を」

リシャールは一瞬考えるように視線を泳がせたが、すぐにいつもの余裕の笑みを浮かべた。

「愛してる、ウィスタリア」

正解を口にして、優しいキスをくれる。

その気持ちだけが一番大切なの、それがあるなら、何をされてもいいの。

だから許してあげる。

「グラーツのビンは私が預かりますわね？」

ちょっとした意地悪を一言口にするだけで……。

あとがき

皆様、初めまして。もしくはお久し振りでございます。火崎勇です。

この度は「婚約破棄された伯爵令嬢ですが、すごい人と婚約し直したみたいです」をお手に取っていただき、ありがとうございます。

イラストのCiel様、素敵なイラスト、ありがとうございます。担当のN様、色々とありがとうございました。

さて、今回のお話、いかがでしたでしょうか？

ここからはネタバレがありますので、お嫌な方は本編読後にご覧ください。

男爵と婚約したと思っていたウィスタリアですが、結局王位継承権第一位の人と結婚することになりました。

このままいけば、リシャールはきっと国王になるでしょう。つまり、ウィスタリアは未来の王妃。幸福は約束されているのですが、それでは面白くないから多少のトラブルはあるかもしれません。

ガーベラが逆恨みして、よからぬ者達と手を組んでウィスタリアを誘拐しようとするとか。継承権を争うタイタスがリシャールを罠に嵌めようとするとか。色々キナ臭いことも起こりそうです。

美しく変身したウィスタリアに迫る男性は、結婚してしまえば何もできなくなるでしょうが、それでもコナをかけてくる者はいるかも。もちろん、リシャール狙いの女性も、妾妃でもいいと迫るかも。ま、二人の愛が強いので大丈夫だとは思いますが。

それにしても、可哀想なのはクラックスです。ガーベラに騙されていなければ、彼はウィスタリアと結婚し、自由になった彼女が素晴らしい女性であることに気付いてきっと大切にしてくれていたでしょう。でも今は未来の国王陛下に睨まれる立場です。

いっそエリザがクラックスとくっついてもいいかもしれません。

貴方がお義姉《ねえ》様を酷い目にあわせた男ね、と言われ、反省しているクラックスはその通りだと項垂れる。その素直さにエリザが同情してしまうとか。

でもリシャールは大反対だろうな。

それでもエリザに甘いリシャールですから最後には認めざるを得ない。けれどそうなってからもチクチク嫌味を言い続ける。

なんてことを考えていたら、そろそろ時間となりました。また会う日を楽しみに、皆様御機嫌好う。

火崎勇

婚約破棄された伯爵令嬢ですが、すごい人と婚約し直したみたいです

Vanilla《ヴァニラ》文庫

2021年8月20日　第1刷発行　定価はカバーに表示してあります

著　者　火崎 勇　©YUU HIZAKI 2021
装　画　Ciel
発行人　鈴木幸辰
発行所　株式会社ハーパーコリンズ・ジャパン
東京都千代田区大手町1-5-1
電話　03-6269-2883（営業）
0570-008091（読者サービス係）

印刷・製本　中央精版印刷株式会社

Printed in Japan ©K.K. HarperCollins Japan 2021 ISBN978-4-596-01174-9